中国少年成长智慧书

学会舍得，成就未来

朱自清

邹韬奋 等 著

四川文艺出版社

图书在版编目（CIP）数据

学会舍得，成就未来 / 朱自清等著. — 成都：四川文艺出版社，2021.4
（中国少年成长智慧书）
ISBN 978-7-5411-5901-5

Ⅰ.①学… Ⅱ.①朱… Ⅲ.①散文集—中国—现代 Ⅳ.①I266

中国版本图书馆CIP数据核字（2021）第045715号

XUEHUI SHEDE, CHENGJIU WEILAI

学会舍得，成就未来

朱自清　邹韬奋 等　著

出 品 人　张庆宁
责任编辑　朱 兰　蔡 曦
封面设计　鸿儒文轩
责任校对　段 敏
责任印制　桑 蓉

出版发行　四川文艺出版社（成都市槐树街2号）
网　　址　www.scwys.com
电　　话　028-86259287（发行部）　　028-86259303（编辑部）
传　　真　028-86259306

邮购地址　成都市槐树街2号四川文艺出版社邮购部　610031
印　　刷　阳谷毕升印务有限公司
成品尺寸　145mm×210mm　　　开　　本　32开
印　　张　6.5　　　　　　　　字　　数　110千
版　　次　2021年4月第一版　　印　　次　2021年4月第一次印刷
书　　号　ISBN 978-7-5411-5901-5
定　　价　30.00元

序　言

　　这是一套给少年读的成长智慧书，是帮助少年儿童成长的引导书。本书充分运用循序渐进的学习手段，适合少年儿童慢读。书中的美文能对少年的成长起到护航保驾的作用，在促进少年儿童情商、智慧、心性成长等方面，极富价值。

　　苏格拉底曾对弟子说："人生就是一次无法重复的选择。"命运没有彩排，时刻都是现场直播。为了少走弯路，我们可以借鉴前人的经验，追寻前人的脚步。前事不忘，后事之师，我们会从中吸取经验，从而使自己的生命在有限的时间里无限延展。

　　"中国少年成长智慧书"系列崇尚"读万卷书，不如行万里路；行万里路，不如阅人无数。最后形成自由独立之人格，达到高尚人生境界"。并按此思路进行编选。精选名家大师作品，从读书、行路、阅人、做人四个方面对少年儿童的成长进行深层指导和影响。

编者在每篇文章前，对作者做了介绍，并附上了写作背景或感悟体会，方便读者在阅读时更好地理解作者当时的写作心情及境遇。

《书山寻径，滋养心灵》精选名人论述关于书籍与读书的文章，选文内容广泛，文章挥洒自如，妙趣横生。大师们的心得与感悟，洒播了一路的智慧之光，像路标指引着我们前进的方向。大师们精彩的文字，让我们能够懂得阅读是一个人的旅程，需要坚定心性，一路向前。

《遍观天下，胸有丘壑》将带领我们去往世界各处，用眼看世界，用心思考世界与成长。旅行，不只风景，更多的是创意和智慧的收获！读万卷书，行万里路。旅行，是打开视野的一个窗口，更是一次知识的大充电。跟随大师的脚步，阅读这些精彩的美文，让今天的我们在欣赏优美文字的同时，对历史、对自然、对世界也有更多了解。

《练会金口才，铸就演讲家》带领大家领略名家风采。演讲，不仅是语言的艺术，更是智慧的结晶，是振奋人心的呐喊。每一篇成功的演讲都是人们经过深思熟虑，将生活阅历、实践真知、人生智慧和语言技巧融为一体的结果，是每一位先辈的高光时刻。"三人行，必有我师焉"，本书中振奋人心的名人演讲，无一不是绝佳的思想盛宴，是这个世界上充满智慧的灯塔，值得每个青少年认真观阅和学习。

《学会舍得，成就未来》概括了孩子应该具备的三种极其重要的素质：自省、包容和赞美。这些充满哲理而又富有情节的故事，能激起他们读下去的欲望，进而引发他们的思考。孩子们就是在这种阅读的过程中开动脑筋、增长知识、完善性格、塑造心灵的。人生的美德与智慧就像散落的沙子，我们每天收集哪怕一粒，总有一天会聚沙成塔，收获一个灿烂的明天。

少年正处于个体人生观、价值观、世界观形成的关键时期，应该更多地接触具有大智慧之文章，使自己形成大格局、大视野，构建大的美学观念和高远的理想信念，成就具有大智慧的三观。愿我们精心编选的这部书如和煦春风、淅沥春雨，催生出已然萌动于少年儿童心中的美丽新芽。抬眼望去，一道道幸运之门、成功之门、快乐之门、幸福之门和智慧之门将瞬间开启。

本书系作品为保留原文风貌，当年习惯使用字词与今不同者，均不改动，只对其中明显错别字和今人容易产生歧义

之处，按今日出版要求订正。作品标点与今日规范相异者，
一律依旧。作品中所遇外语词汇翻译与今译不合者，保留
原貌。

编　者

2020 年夏

目录

第一章　　学会自省

每一个人，都是独特的。这个世界上极聪明的人，也常有笨的地方；被认为是愚笨的，也有其过人之处。了解自己、认识自己、研究自己、发掘自己的特长，把弱点变成"长处"，发现你自己的天赋，让你的生命变得璀璨辉煌。

最苦与最乐

梁启超（1873—1929）

清朝光绪年间举人，中国近代思想家、政治家、教育家、史学家、文学家。戊戌变法（百日维新）领袖之一、中国近代维新派、新法家代表人物。著有《墨子学案》《先秦政治思想史》《饮冰室文集》《中国近三百年学术史》等。本文从最苦和最乐两方面来论述人生的责任，即负责任是人生最大的苦，尽责任则是人生最大的乐。提出人生在世，必须要对家庭、社会、国家以及自身尽到应尽的责任，这样才能得到真正快乐。

人生什么最苦呢？贫吗？不是。失意吗？不是。老吗？死吗？都不是。我说人生最苦的事莫苦于身上背着一种未来的责任。人若能知足，虽贫不苦；若能安分（不多作分外希望），虽失意不苦；老、病、死乃人生难免的事，达观的人看得很平常，也不算什么苦。独是凡人生在世间一天，便有一天应该做的事，该做的事没有做完，便像是有几千斤重担子压在肩头，再苦是没有的了。为什么呢？因为受那良心责备之过，要逃躲也没地方逃呀！

答应人办一件事没有办，欠了人的钱没有还，受了人的恩惠没有报答，得罪了人没有赔礼，这就连这个人的面也几乎不敢见，纵然不见他的面，睡里梦里都像有他的影子来缠着我。为什么呢？因为觉得对不住他呀！因为自己对于他的责任还没有解除呀！不独对于一个人如此，就是对于家庭，对于社会，对于国家，乃至对于自己，都是如此。凡属我受过他好处的人，我对于他便有了责任。凡属我应该做的事，而且力量能够做得到的，我对于这件事便有了责任。凡属我自己打主意要做一件事，便是现在的自己和将来的自己立了一种契约，便是自己对于自己加一层责任。有了这责任，那良心便时时刻刻监督在后头。

这种苦痛却比不得普通的贫、病、老、死，可以达观排解得来。所以我说人生没有苦痛便罢，若有苦痛，当然没有比这个更重的了。

翻过来，什么事最快乐呢？自然责任完了，算是人生第一件乐事。古语说得好："如释重负。"俗语亦说："心上一块石头落了地。"人到这个时候，那种轻松愉快，真是不可以用言语形容。责任越重大，负责的日子乃越长；到责任完了时，海阔天空，心安理得，那快乐还要加几倍哩！大抵天下事从苦中得来的乐才是真乐。人生须知道有负责任的苦处，才能知道有尽责任的乐处。这种苦乐循环，便是这有活力的人间一种趣味；如是不尽责任，受良心责备，这些苦都是自己找来的。

匆　匆

朱自清（1898—1948）

字佩弦，江苏东海人。1920 年毕业于北京大学哲学系。现代文学家，文学研究会成员。曾在清华大学、西南联大任教。1931 年曾赴英国留学并漫游欧陆，出版《欧游杂记》。他著有散文、诗歌、评论等著作 20 余种，近 200 万字。有多卷本《朱自清全集》留世。《匆匆》是朱自清先生的一篇短小优美的散文，选自《踪迹》，上海亚东图书馆 1924 年版。

燕子去了，有再来的时候；杨柳枯了，有再青的时候；桃花谢了，有再开的时候。但是，聪明的，你告诉我，我们的日子为什么一去不复返呢？——是有人偷了他们罢：那是谁？又藏在何处呢？是他们自己逃走了罢：现在又到了那里呢？

我不知道他们给了我多少日子，但我的手确乎是渐渐空虚了。在默默里算着，八千多日子已经从我手中溜去，像针尖上一滴水滴在大海里，我的日子滴在时间的流里，没有声音，也没有影子。我不禁头涔涔而泪潸潸了。

去的尽管去了，来的尽管来着，去来的中间，又怎样地匆匆呢？早上我起来的时候，小屋里射进两三方斜斜的太阳。太阳他有脚啊，轻轻悄悄地挪移了，我也茫茫然跟着旋转。于是——洗手的时候，日子从水盆里过去；吃饭的时候，日子从饭碗里过去；默默时，便从凝然的双眼前过去。我觉察他去得匆匆了，伸出手遮挽时，他又从遮挽着的手边过去。天黑时，我躺在床上，他便伶伶俐俐地从我身上跨过，从我脚边飞去了。等我睁开眼和太阳再见，这算又溜走了一日。我掩着面叹息。但是新来的日子的影儿又开始在叹息里闪过了。

在逃去如飞的日子里，在千门万户的世界里的我能做些什么呢？只有徘徊罢了，只有匆匆罢了。在八千多日的匆匆里，除徘徊外，又剩些什么呢？过去的日子如轻烟，被微风吹散了，如薄雾，被初阳蒸融了，我留着些什么痕迹呢？我何曾留着像游丝样的痕迹呢？我赤裸裸来到这世界，转眼间也将赤裸裸的回去罢？但不能平的，为什么偏要白白走这一遭啊？

你聪明的，告诉我，我们的日子为什么一去不复返呢？

论自己

朱自清

　　此篇是朱自清的又一力作，虽是论自己，其实是论人的品格。先以怜人开篇，怜人的原因是由于人以己为本，顾己才能顾人，怜己才能爱人，后再举出一些怜人的类型，遗憾的是怜己之人却只以己为中心，即便怜人也是以自己的利益为目的。文章言简意赅，有许多可圈可点之处。联想自然，嬉笑怒骂皆成文章。

　　翻开辞典，"自"字下排列着数目可观的成语，这些"自"字多指自己而言。这中间包括着一大堆哲学，一大堆道德，一大堆诗文和废话，一大堆人，一大堆我，一大堆悲喜剧。自己"真乃天下第一英雄好汉"，有这么些可说的，值得说值不得说的！难怪纽约电话公司研究电话里最常用的字，在五百次通话中会发现三千九百九十次的"我"。这"我"字便是自己称自己的声音，自己给自己的名儿。

自爱自怜！真是天下第一英雄好汉也难免的，何况区区寻常人！冷眼看去，也许只觉得那枉自尊大狂妄得可笑；可是这只见了真理的一半儿。掉过脸儿来，自爱自怜确也有不得不自爱自怜的。幼小时候有父母爱怜你，特别是有母亲爱怜你。到了长大成人，"娶了媳妇儿忘了娘"，娘这样看时就不必再爱怜你，至少不必再像当年那样爱怜你。——女的呢，"嫁出门的女儿，泼出门的水"；做母亲的虽然未必这样看，可是形格势禁而且鞭长莫及，就是爱怜得着，也只算找补点罢了。爱人该爱怜你？然而爱人们的嘴一例是甜蜜的，谁能说"你泥中有我，我泥中有你"！真有那么回事儿？赶到爱人变了太太，再生了孩子，你算成了家，太太得管家管孩子，更不能一心儿爱怜你。你有时候会病，"久病床前无孝子"，太太怕也够倦的，够烦的。住医院？好，假如有运气住到像当年北平协和医院样的医院里去，倒是比家里强得多。但是护士们看护你，是服务，是工作；也许夹上点儿爱怜在里头，那是"好生之德"，不是爱怜你，是爱怜"人类"。——你又不能老呆在家里，一离开家，怎么着也算"作客"；那时候更没有爱怜你的。可以有朋友招呼你；但朋友有朋友的事儿，那能教他将心常放在你身上？可以有属员或仆役伺候你，那——说得上是爱怜么？总而言之，天下第一爱怜自己的，只有自己；自爱自怜的道理就在这儿。

再说，"大丈夫不受人怜"。穷有穷干，苦有苦干；世界那么大，凭自己的身手，哪儿就打不开一条路？何必老是向人愁眉苦脸咳声叹气的！愁眉苦脸不顺耳，别人会来爱怜你？自己免不了伤心的事儿，咬紧牙关忍着，等些日子，等些年月，会平静下去的。说说也无妨，只别不拣时候不看地方老是向人叨叨，叨叨得谁也不耐烦的岔开你或者躲开你。也别怨天怨地将一大堆感叹的句子向人身上扔过去。你怨的是天地，倒碍不着别人，只怕别人奇怪你的火气怎么这样大。——自己也免不了吃别人的亏。值不得计较的，不做声吞下肚去。出入大的想法子复仇，力量不够，卧薪尝胆的准备着。可别这儿那儿尽嚷嚷——嚷嚷完了一扔开，倒便宜了那欺负你的人。"好汉胳膊折了往袖子里藏"，为的是不在人面前露怯相，要人爱怜这"苦人儿"似的，这是要强，不是装。说也怪，不受人怜的人倒是能得人怜的人；要强的人总是最能自爱自怜的人。

大丈夫也罢，小丈夫也罢，自己其实是渺乎其小的，整个儿人类只是一个小圆球上一些碳水化合物，像现代一位哲学家说的，别提一个人的自己了。庄子所谓马体一毛，其实还是放大了看的。英国有一家报纸登过一幅漫画，画着一个人，仿佛在一间铺子里，周遭陈列着从他身体里分析出来的各种原素，每种标明分量和价目，总数是五先令——那时合七元钱。现在物价涨了，怕要合国币一千元了罢？然而，个人的自己也就值区区这一千元儿！自己这般渺小，不自爱自怜着点又怎么着！然而，"顶天立地"的是自己，"天地与我并生，万物与我为一"的也是自己；有你说这些大处只是好听的话语，好看的文句？你能愣说这样的自己没有！有这么的自己，岂不更值得自爱自怜的？再说自己的扩大，在一个寻常人的生活里也可见出。且先从小处看。小孩子就爱搜集各国的邮票，正是在扩大自己的世界。从前有人劝学世界语，说是可以和各国人通信。你觉得这话幼稚可笑？可是这未尝不是扩大自己的一个方向。再说这回抗战，许多人都走过了若干地方，增长了若干阅历。特别是青年人身上，你一眼就看出来，他们是和抗战前不同了，他们的自己扩大了。——这样看，自己的小，自己的大，自己的由小而大，在自己都是好的。

自己都觉得自己好，不错；可是自己的确也都爱好。做官的都爱做好官，不过往往只知道爱做自己家里人的好官，自己亲戚朋友的好官；这种好官往往是自己国家的贪官污吏。做盗贼的也都爱做好盗贼——好喽罗，好伙伴，好头儿，可都只在贼窝里。有大好，有小好，有好得这样坏。自己关闭在自己的丁点大的世界里，往往越爱好越坏。所以非扩大自己不可。但是扩大自己得一圈儿一圈儿的，得充实，得踏实。别像肥皂泡儿，一大就裂。"大丈夫能屈能伸"，该屈的得屈点儿，别只顾伸出自己去。也得估计自己的力量。力量不够的话，"人一能之，己百之，人十能之，己千之"；得寸是寸，得尺是尺。总之路是有的。看得远，想得开，把得稳；自己是世界的时代的一环，别脱了节才真算好。力量怎样微弱，可是是自己的。相信自己，靠自己，随时随地尽自己的一份儿往最好里做去，让自己活得有意思，一时一刻一分一秒都有意思。这么着，自爱自怜才真是有道理的。

（《人世间》，1942 年）

看　花

朱自清

　　《看花》这篇散文，写的是扬州人家是如何种花、买花、赏花的。作者以自身经历，书写了赏花的几个必要的因素，无论是爱花、兴致、花趣还是花时，都需要全身心地沉浸在花中，去做几次三番心的品味，才能感受到花的真谛。

　　生长在大江北岸一个城市里，那儿的园林本是著名的，但近来却很少；似乎自幼就不曾听见过"我们今天看花去"一类话，可见花事是不盛的。有些爱花的人，大都只是将花栽在盆里，一盆盆搁在架上；架子横放在院子里。院子照例是小小的，只够放下一个架子；架上至多搁二十多盆花罢了。

有时院子里依墙筑起一座"花台"，台上种一株开花的树；也有在院子里地上种的。但这只是普通的点缀，不算是爱花。

家里人似乎都不甚爱花；父亲只在领我们上街时，偶然和我们到"花房"里去过一两回。但我们住过一所房子，有一座小花园，是房东家的。那里有树，有花架（大约是紫藤花架之类），但我当时还小，不知道那些花木的名字；只记得爬在墙上的是蔷薇而已。园中还有一座太湖石堆成的洞门；现在想来，似乎也还好。在那时由一个顽皮的少年仆人领了我去，却只知道跑来跑去捉蝴蝶；有时掐下几朵花，也只是随意揉弄着，随意丢弃了。至于领略花的趣味，那是以后的事：夏天的早晨，我们那地方有乡下的姑娘在各处街巷，沿门叫着，"卖栀子花来。" 栀子花不是什么高品，但我喜欢那白而晕黄的颜色和那肥肥的个儿，正和那些卖花的姑娘有着相似的韵味。栀子花的香，浓而不烈，清而不淡，也是我乐意的。我这样便爱起花来了。也许有人会问："你爱的不是花吧？"这个我自己其实也已不大弄得清楚，只好存而不论了。

在高小的一个春天，有人提议到城外 F 寺里吃桃子去，而且预备白吃；不让吃就闹一场，甚至打一架也不在乎。那时虽远在五四运动以前，但我们那里的中学生却常有打进戏园看白戏的事。中学生能白看戏，小学生为什么不能白吃桃子呢？我们都这样想，便由那提议人纠合了十几个同学，浩浩荡荡地向城外而去。到了 F 寺，气势不凡地呵叱着道人们（我们称寺里的工人为道人），立刻领我们向桃园里去。道人们踌躇着说："现在桃树刚才开花呢。"但是谁信道人们的话？我们终于到了桃园里。大家都丧了气，原来花是真开着呢！这时提议人 P 君便去折花。道人们是一直步步跟着的，立刻上前劝阻，而且用起手来。但 P 君是我们中最不好惹的；"说时迟，那时快"，一眨眼，花在他的手里，道人已跟跄在一旁了。那一园子的桃花，想来总该有些可看；我们却谁也没有想着去看。只嚷着，"没有桃子，得沏茶喝！"道人们满肚子委屈地引我们到"方丈"里，大家各喝一大杯茶。这才平了气，谈谈笑笑地进城去。大概我那时还只懂得爱一朵朵的栀子花，对于开在树上的桃花，是并不了然的；所以眼前的机会，便从眼前错过了。

以后渐渐念了些看花的诗，觉得看花颇有些意思。但到北平读了几年书，却只到过崇效寺一次；而去得又嫌早些，那有名的一株绿牡丹还未开呢。北平看花的事很盛，看花的地方也很多；但那时热闹的似乎也只有一班诗人名士，其余还是不相干的。那正是新文学运动的起头，我们这些少年，对于旧诗和那一班诗人名士，实在有些不敬；而看花的地方又都远不可言，我是一个懒人，便干脆地断了那条心了。后来到杭州做事，遇见了Y君，他是新诗人兼旧诗人，看花的兴致很好。我和他常到孤山去看梅花。孤山的梅花是古今有名的，但太少；又没有临水的，人也太多。有一回坐在放鹤亭上喝茶，来了一个方面有须，穿着花缎马褂的人，用湖南口音和人打招呼道："梅花盛开嗒！""盛"字说得特别重，使我吃了一惊；但我吃惊的也只是说在他嘴里"盛"这个声音罢了，花的盛不盛，在我倒并没有什么的。

有一回，Y来说，灵峰寺有三百株梅花；寺在山里，去的人也少。我和Y，还有N君，从西湖边雇船到岳坟，从岳坟入山。曲曲折折走了好一会，又上了许多石级，才到山上寺里。寺甚小，梅花便在大殿西边园中。园也不大，东墙下有三间净室，最宜喝茶看花；北边有座小山，山上有亭，大约叫"望海亭"吧，望海是未必，但钱塘江与西湖是看得见的。梅树确是不少，密密地低低地整列着。那时已是黄昏，寺里只我们三个游人；梅花并没有开，但那珍珠似的繁星似的骨都儿，已经够可爱了；我们都觉得比孤山上盛开时有味。大殿上正做晚课，送来梵呗的声音，和着梅林中的暗香，真叫我们舍不得回去。在园里徘徊了一会，又在屋里坐了一会，天是黑定了，又没有月色，我们向庙里要了一个旧灯笼，照着下山。路上几乎迷了道，又两次三番地狗咬；我们的Y诗人确有些窘了，但终于到了岳坟。船夫远远迎上来道："你们来了，我想你们不会冤我呢！"在船上，我们还不离口地说着灵峰的梅花，直到湖边电灯光照到我们的眼。

Y回北平去了，我也到了白马湖。那边是乡下，只有沿湖与杨柳相间着种了一行小桃树，春天花发时，在风里娇媚地笑着。还有山里的杜鹃花也不少。这些日日在我们眼前，从没有人像煞有介事地提议："我们看花去。"但有一位S君，却特别爱养花；他家里几乎是终年不离花的。我们上他家去，总看他在那里不是拿着剪刀修理枝叶，便是提着壶浇水。我们常乐意看着。他院子里一株紫薇花很好，我们在花旁喝酒，不知多少次。白马湖住了不过一年，我却传染了他那花的嗜好。但重到北平时，住在花事很盛的清华园里，接连过了三个春，却从未想到去看一回。只在第二年秋天，曾经和孙三先生在园里看过几次菊花。"清华园之菊"是著名的，孙三先生还特地写了一篇文，画了好些画。但那种一盆一干一花的养法，花是好了，总觉没有天然的风趣。直到去年春天，有了些余闲，在花开前，先向人问了些花的名字。一个好朋友是从知道姓名起的，我想看花也正是如此。恰好Y君也常来园中，我们一天三四趟地到那些花下去徘徊。今年Y君忙些，我便一个人去。我爱繁花老干的杏，临风婀娜的小红桃，贴梗累累如珠的紫荆；但最恋恋的是西府海棠。海棠的花繁得好，也淡得好；艳极了，却没有一丝荡意。疏疏的高干子，英气隐隐逼人。可惜没有趁着月色看过；王鹏运有两句词道："只愁淡月朦胧影，难验微波上下潮。"我想月下的海棠花，大约便是这种光景吧。为了海棠，前两天在城里特地冒了大风到中山公园去，看花的人倒也不少；但不知怎的，却忘了畿辅先哲祠。Y告我那里的一株，遮住了大半个院子；别处的都向上长，这一株却是横里伸张的。花的繁没有法说；海棠本无香，昔人常以为恨，这里花太繁了，却酝酿出一种淡淡的香气，使人久闻不倦。Y告我，正是刮了一日还不息的狂风的晚上；他是前一天去的。他说他去时地上已有落花了，这一日一夜的风，准完了。他说北平看花，是要赶着看的：春光太短了，又晴的日子多；今年算是有阴的日子了，但狂风还是逃不了的。我说北平看花，比别处有意思，也正在此。这时候，我似乎不甚菲薄那一班诗人名士了。

一九三〇年四月。

（原刊1930年5月4日《清华周刊》第33卷第9期文艺专号）

自　传

鲁　迅（1881—1936）

　　中国现代伟大的文学家、思想家、革命家，中国现代文学的奠基人。姓周，本名樟寿，后改名树人，字豫才。浙江绍兴人。先在日本学医，后弃医习文。归国后从事教育工作兼文学创作。1918 年发表第一篇日记小说《狂人日记》。先后在北京、厦门等处任教，后定居上海，筹备、领导中国左翼作家联盟。著有《鲁迅全集》。一九三六年病逝于上海。本篇据手稿编入，原无标题，当写于一九三四年三四月间。当时鲁迅正和茅盾一起应美国人伊罗生之托选编一部名为《草鞋脚》的中国现代短篇小说集。该书计划收录各入选作者的小传。本篇即为此而写。

鲁迅，一八八一年生于浙江之绍兴城内姓周的一个大家族里。父亲是秀才，母亲姓鲁，乡下人，她以自修达到能看文学作品的程度。家里原有祖遗的四五十亩田，但在父亲死掉之前，已经卖完了。这时我大约十三四岁，但还勉强读了三四年多的中国书。

因为没有钱，就得寻不用学费的学校，于是去到南京，住了大半年，考进了水师学堂。不久，分在管轮班，我想，那就上不了舱面了，便走出，又考进了矿路学堂，在那里毕业，被送往日本留学。但我又变计，改而学医，学了两年，又变计，要弄文学了。于是看些文学书，一面翻译，也作些论文，设法在刊物上发表。直到一九一○年，我的母亲无法生活，这才回国，在杭州师范学校做助教，次年在绍兴中学作监学。一九一二年革命后，被任为绍兴师范学校校长。

但绍兴革命军的首领是强盗出身，我不满意他的行为，他说要杀死我，我就到南京，在教育部办事，由此进北京，做到社会教育司的第二科科长。一九一八年"文学革命"运动起，我始用"鲁迅"的笔名作小说，登在《新青年》上，以后就时时作些短篇小说和短评。一面也做北京大学，师范大学，女子师范大学的讲师。因为做评论，敌人就多起来，北京大学教授陈源开始发表这"鲁迅"就是我，由此弄到段祺瑞将我撤职，并且还要逮捕我。我只好离开北京，到厦门大学做教授，约有半年，和校长以及别的几个教授冲突了，便到广州，在中山大学做了教务长兼文科教授。

又约半年，国民党北伐分明很顺利，厦门的有些教授就也到广州来了，不久就清党，我一生从未见过有这么杀人的，我就辞了职，回到上海，想以译作谋生。但因为加入自由大同盟，听说国民党在通缉我了，我便躲起来。此后又加入了左翼作家联盟，民权同盟。到今年，我的一九二六年以后出版的译作，几乎全被国民党所禁止。

我的工作，除翻译及编辑的不算外，创作的有短篇小说集二本，散文诗一本，回忆记一本，论文集一本，短评八本，《中国小说史略》一本。

从雕花匠到画匠

齐白石（1864—1957）

现代书画家、篆刻家。原名纯芝，字渭清，后改名璜，字濒生，号白石，别号借山吟馆主者、寄萍老人等。湖南湘潭人。早年为木工，后结交当地文人画师，于诗文绘画方面受益颇深，艺术造诣日渐高深。曾任北京艺专教授、中央美院名誉教授、中国美协主席、中国画院名誉院长。他创作勤奋刻苦，留下了许多艺术佳作，对我国传统绘画艺术的发展做出了杰出的贡献。本文节选自《白石老人自述》，从雕花匠到画匠，是齐白石在人生道路上迈出的关键一步。

光绪十五年（己丑·一八八九），我二十七岁。过了年，我仍到赖家垄去做活。有一天，我正在雕花，赖家的人来叫我，说："寿三爷来了，要见见你！"我想："这有什么事呢？"但又不能不去。见了寿三爷，我照家乡规矩，叫了他一声"三相公"。寿三爷倒也挺客套，对我说："我是常到你们杏子坞去的，你的邻居马家，是我的亲戚，常说起你：人很伶俐，又能用功。只因你常在外边做活，从没有见到过，今天在这里遇上了，我也看到你的画了，很可以造就！"又问我："家里有什么人？读过书没有？"还问我："愿不愿再读读书，学学画？"我一一的回复，最后说："读书学画，我是很愿意，只是家里穷，书也读不起，画也学不起。"寿三爷说："那怕什么？你要有志气，可以一面念书学画，一面靠卖画养家，也能对付得过去。你如愿意的话，等这里的活做完了，就到我家来谈谈！"我看他对我很诚恳，也就答应了。

　　这位寿三爷，名叫胡自倬，号叫沁园，又号汉槎。性情很慷慨，喜欢交朋友，收藏了不少名人字画，他自己能写汉隶，会画工笔花鸟草虫，作诗也做得很清丽。他家四周，有个藕花池，他的书房就取名为"藕花吟馆"，时常邀集朋友，在内举行诗会，人家把他比作孔北海，说是："座上客常满，樽中酒不空。"他们韶塘胡姓，原是有名的财主，可是寿三爷这一房，因为他提倡风雅，素广交游，景况并不太富裕，可见他的人品，确是很高的。我在赖家垅完工之后，回家说了情形，就到韶塘胡家。那天恰是他们诗会的日子，到的人很多。寿三爷听说我到了，很高兴，当天就留我同诗会的朋友们一路吃午饭，并介绍我见了他家延聘的教读老夫子。这位老夫子，名叫陈作埙，号叫少蕃，是上田冲的人，学问很好，湘潭的名流。吃饭的时候，寿三爷又问我："你如愿意读书的话，就拜陈老夫子的门吧！不过你父母知道不知道？"我说："父母倒也愿意叫我听三相公的话，就是穷……"话还没说完，寿三爷拦住了我，说："我不是跟你说过，你就卖画养家！你的画，可以卖出钱来，别担忧！"我说："只怕我岁数大了，来不及。"寿三爷又说："你是读过《三字经》的！苏老泉，二十七，始发奋，读书籍。你今年二十七岁，何不学学苏老泉呢？"陈老夫子也接着说："你若是愿意读书，我不收你的学俸钱。"同席的人都说："读书拜陈老夫子，学画拜寿三爷，拜了这两位老师，还怕不能成名！"我说："三相公栽培我的厚意，我是感激涕零。"寿三爷说："别三相公了！今后就叫我老师吧！"当下，就决定了。吃过了午饭，按照规矩，先拜了孔夫子，我就拜了胡陈二位，做我的老师。

我拜师之后，就在胡家住下。两位老师商量了一下，给我取了一个名字，单名叫作"璜"，又取了一个号，叫作"濒生"，因为我住家与白石铺附近，又取了个别号，叫作"白石山人"，预备题画所用。少蕃师对我说："你来念书，不比小孩子上蒙馆了，也不是考秀才赶科举的，画画总要会题诗才好，你就去读《唐诗三百首》吧！这部书，雅俗共赏，从浅的说，入门很轻易，从深的说，也可以钻研下去，俗话常说，熟读唐诗三百首，不会作诗也会吟，这话不是完全没有道理的。诗的一道，本是易学难工，你能专心用功，必然很有成就。常言道，有志者，事竟成。又道，天下无难事，只怕有心人，天下的事难不难，就看你的有心没心了！"

从那天起，我就读《唐诗三百首》了。我小时候读过《千家诗》，几乎全数都能背出来，读了《唐诗三百首》，上口就好像见到了老朋友，读得很有味。只是我识字不多，有很多生字，不容易记熟，我想起一个笨法子，用同音的字，注在书页下端的后面，温习的时候，一看就认得了。这种法子，我们家乡叫作"白眼字"，初上学的人，常有这么用的。过了两个来月，少蕃师问我："读熟几首了？"我说："差不多都读熟了。"他有些不信，随意抽问了几首，我都一字不遗的背了出来。他说："你的天分，真了不得！"其实说来，是他的教法好，讲了读，读了背，背了写，循序而进，所以读熟一首，就明白一首的意思，这样既不会忘掉，又懂得好处在哪里。《唐诗三百首》读完之后，接着读了《孟子》。少蕃师又叫我在闲暇时，看看《聊斋志异》一类的小说，还时常给我讲讲唐宋八家的古文。我觉得这样的念书，真是人生最大的乐趣了。

　　我跟陈少蕃老师读书的同时，又跟胡沁园老师学画，学的是工笔花鸟草虫。沁园师常对我说："石要瘦，树要曲，鸟要活，手要熟。立意、布局，用笔，设色，式式要有法度，处处要合规矩，才能画成一幅好画。"他把珍藏的古今名人字画，叫我仔细观摩。又介绍了一位谭荔生，叫我跟他学画山水。这位谭先生，单名一个"溥"字，别号瓮塘居士，是他的朋友。我经常画了画，拿给沁园师看，他都给我题上了诗。他还对我说："你学学作诗吧！光会画，不会作诗，总是美中不足。"那时恰是三月天气，藕花吟馆前面，牡丹盛开。沁园师约集诗会同人，赏花赋诗，他也叫我加入。我放大了胆量，做了一首七绝，交了上去，生怕做得太不像样，给人笑话，心里有些跳动。沁园师看了，却面带笑容，点着头说："做得还不错！有寄托。"说着，又念道："莫羡牡丹称富贵，却输梨橘有余甘。这两句不单意思好，十三谭的甘字韵，也押得很稳。"说得很多诗友都围拢上来，大家看了，都说："濒生是有伶俐笔路的，别看他根底差，却有性灵。诗有别才，一点儿不错！"

　　这一炮，居然放响，是我猜想不到的。从此，我摸索得了作诗的诀窍，经常做了，向两位老师请教。那时常在一起的，除了姓胡的几个人，其余都是胡家的亲戚，一共有十几个人，只有我一人，不是胡家的亲故，他们倒都跟我处得很好。他们大部分是财主人家的子弟，至不济的也是小康之家，比我的家境，总要强上十倍，他们并不嫌我身世寒微，一点没有看不起我的意思，后来都成了我的好朋友。

那年七月十一日，春君生了个男孩，这是我们的长子，取名良元，号叫伯邦，又号子贞。我在胡家，念书学画，有吃有住，心境安适得很，眼界也广阔多了，只是想起了家里的光景，决不能像在胡家认识的一般朋友的胸无牵挂。干雕花手艺，本是很费事的，每一件总得雕上好多日子，把身子困住了，别的事就不能再做。画画却不一定有什么限制，可以自由安闲地，有闲暇就画，没闲暇就罢，画起来，也比雕花省事得多。就感觉沁园师所说的"卖画养家"这句话，确实是既便利，又实惠。

那时拍照还没流行，画像这一行手艺，生意是很好的。画像，我们家乡叫作描容，是描画人的容貌的意思。有钱的人，在生前总要画几幅小照玩玩，死了也要画一幅遗容，留作纪念。我从萧芗陔师傅和文少可那里，学会了这行手艺，还没有给人画过，传闻画像的收入，比画别的来得多，就想开始干这一行了。沁园师知道我这个意思，处处给我吹嘘，韶塘附近一带的人，都来请我去画，一开始，生意就很不错。

每画一个像，他们送我二两银子，价码不算太少，可是有些爱贪小便宜的人，往往在画像之外，叫我给他们女眷画些帐檐、袖套、鞋样之类。甚至叫我画幅中堂，画堂屏条，算是白饶。好在这些东西，我随便画上几笔，倒也并不十分费事。我们湘潭风俗，新丧之家，妇女们穿的孝衣，都把袖头翻起，画上些花样，算做装饰。这种零碎玩意儿，更是画遗容时必须附带着画的，我也总是照办了。后来我又琢磨出一种精细画法，能够在画像的纱衣里面，透现出袍褂上的团龙花纹，人家都说，这是我的一项绝技。人家叫我画细的，送我四两银子，从此就作为定例。我感觉画像挣的钱，比雕花多，并且还省事，因此，我就扔掉了斧锯钻凿一类家伙，改了行，专做画匠了。

可怕的冷静

闻一多（1899—1946）

近代著名诗人、学者、民主战士。本名家骅，湖北
浠水人。他是中国现代文学史上重要流派——新月派
诗人。著有诗集《红烛》和《死水》。他对《周易》《庄
子》和《楚辞》有极深的研究。抗战爆发后期，闻一多
从远离政治，沉浸于诗艺与学术探索，开始变得专心从
事政治活动，期间发表了一系列的杂文，情感奔放、言
辞犀利、直抒胸臆，充满了强烈的爱国热忱。此篇就是
其中的一篇。

一个从灾荒里长成的民族，挨着一切的苦难，总像挨着
天灾一样，以麻木的坚忍承受打击，没有招架，没有愤怒，

甚至没有呻吟，像冬眠的蛰虫一般，只在半死状态中静候着第二个春天的来临——这样便是今天的中国，快挨过了第七个年头的国难，它还准备再挨下去，直到那一天，大概一觉醒来，自然会发现胜利就在眼前。客观上，战争与饥饿本也久已打成一片了，因此，愈是实质的战斗员，愈有挨饿的责任，不像人家最前线的人们吃得最好最饱，我们这里真正的饿莩恰恰就是真正的兵士。抗战与灾荒既已打成一片，抗战期中的现象，便更酷肖荒年的现象了。照例是灾情愈重，发财的愈多，结果贫穷的更加贫穷，富贵的更加富贵。照例是灾情严重了，呼吁的声音海外比国内更响，于是救济的主要责任落在外人身上，而国内人士，相形之下，便愈能显出他们那"不动心"的沉着而雍容的风度了。现在一切荒年的社会现象在抗战中又重演一次，不过规模更大，严重性更深刻些罢了。但是说来奇怪，分明是痼疾愈深，危机愈大，社会表层偏要装出一副太平景象的面孔。配合着冠冕堂皇的要人谈话和报纸社评的，是一般社会情绪——今天一个画展，明天一个堂会，"顾左右而言他"的副刊和小报一天天充斥起来。内容一天比一天软性化。从抗战开始以来，没有见过今天这样"众人熙熙，如享太牢，如登春台"的景象，这不知道是肺结核患者脸上的红晕呢，还是将死前的回光返照！

一部分人为着旁人的剥削，在饥饿中畜生似的沉默着，另一部分人却在舒适中兴高采烈的粉饰着太平，这现象是叫人不能不寒心的，如果他还有一点同情心与正义感的话。然而不知道是为了谁的体面，你还不能声张。最可虑的是不通世故而血气方刚的青年，面对这种事实，又将作何感想？对了，怕动摇抗战，但饥饿能抗战吗？粉饰饥饿就是抗战吗？如果抗战是天经地义，不要忘记当年的青年，便是撑持这天经地义最有力的支柱，可见青年盲目而又不盲目，在平时他不免盲目，在非常时期他却永远是不盲目的。原来非常时期所需要的往往不是审慎，而是勇气，青年是比任何人都强的。正如当年激起抗战怒潮的是青年。今天将要完成抗战大业的力量，也正是这蕴藏在青年心灵中的烦躁。这不是浮动，而是活力的脉搏。民族必需生存，抗战必需胜利，在这最高原则之下，任何平时的轨范都是可以暂时搁置的枝节。火烧上了眉毛，就得抢救。这是一个非常时期！

如果老年人中年人能负起责任，那自然更好，但事实上，战争先天的是青年人的工作（它需要青年的体质和青年的热情），所以如果老年人中年人肯负起责任，也只是参加青年的工作，或与青年分工合作，而不是代替青年的工作。战争既先天的是青年的工作，那么战时的国家就得以青年的意志为意志，虽则在战争的技术上，老年人中年人的智慧也是不可少的。

从抗战开始到今天，我们遭遇过两个关键，当初要不要抗战，是第一个关键，今天要不要胜利，是第二个关键，而第一个关键本来早已决定了第二个，因为既打算抗战，当然要胜利。但事实上目前的一切分明是朝着与胜利相反的方向发展，所以可怪的，是一部分人虽然看出方向的错误，却还要力持冷静，或从一些烦琐的立场，认为不便声张，不必声张。眼看青年完成抗战，争取胜利的意志必须贯彻，然而没有老年人中年人的智慧予以调节与指导，青年的力量不免浪费。万一还有人固执起来，利用他们的地位与力量，阻止了青年意志的贯彻，那结果便更不堪设想了。时机太危急了，这不是冷静时候，希望老年人中年人的步调能与青年齐一，早点促成胜利的来临！大众的坚忍的沉默是可原谅的，因为他们是灾荒中生长的，而灾荒养成了他们的麻木，有着粉饰太平的职责的人们是可原谅的，因为他们也有理由麻木。可是负有领导青年责任的人们，如果过度地冷静，也是可怕的，当这不宜冷静的时候！

（原载 1944 年 6 月 25 日《昆明日报》）

沉　默

周作人（1885—1967）

　　浙江绍兴人。是鲁迅（周树人）之弟，周建人之兄。中国现代著名散文家、文学理论家、评论家、诗人、翻译家、思想家，中国民俗学开拓人，新文化运动的杰出代表。有散文集《自己的园地》《雨天的书》《谈龙集》《谈虎集》《夜读抄》《苦茶随笔》《风雨谈》《瓜豆集》《知堂文集》等，诗集《过去的生命》，小说集《孤儿记》，论文集《艺术与生活》《中国新文学的源流》，论著《欧洲文学史》，文学史料集《鲁迅的故乡》《鲁迅小说里的人物》《鲁迅的青年时代》，回忆录《知堂回想录》，译有《伊索寓言》《欧里庇得斯悲剧集》等。被誉为小品文之王的周作人创作了大量现实性极强战斗性也极强的杂文，《沉默》即是其中的一篇。

林语堂先生说，法国一位演说家劝人缄默，成书 30 卷为世所笑，所以我现在做讲沉默的文章，想竭力节省，以原稿纸三张为度。

提倡沉默从宗教方面讲来，大约很有材料，神秘主义里很看重沉默，美忒林克便有一篇极妙的文章。但是我并不想这样做，不仅因为怕有拥护宗教的嫌疑，实在是没有这种知识与才力。现在只就人情世故上着眼说一说吧。

沉默的好处第一是省力。中国人说，多说话伤气，多写字伤神。不说话不写字大约是长生之基，不过平常人总不易做到。那么一时的沉默也就很好，于我们大有神益。30 小时草成一篇宏文，连睡觉的时光都没有，第三天必要头痛；演说家在讲台上呼号两点钟，难免口干喉痛，不值得甚矣。若沉默，则可无此种劳苦——虽然也得不到名声。

沉默的第二个好处是省事。古人说："口是祸门"，关上门，贴上封条，祸便无从发生（"闭门家里坐，祸从天上来"，那只算是"空气传染"，又当别论），此其利一。自己想说服别人，或是有所辩解，照例是没有什么影响，而且愈说愈是渺茫，不如及早沉默，虽然不能因此而说服或辩明，但至少是不会增添误会。又或别人有所陈说，在这面也照例不很能理解，极不容易答复，这时候沉默是适当的办法之一。古人说不言是最大的理解，这句话或者有深奥的道理，据我想则在我至少可以藏过不理解，而在他就可以有猜想被理解了之自由。沉默之好处的好处，此其二。

善良的读者们，不要以为我太玩世（Cynical）了吧。老实说，我觉得人之互相理解是至难——即使不是不可能的事，而表现自己之真实的感情思想也是同样地难。我们说话作文，听别人的话，读别人的文，以为互相理解了，这是一个聊以自娱的如意的好梦，好到连自己觉到了的时候也还不肯立即承认，知道是梦了却还想在梦境中多流连一刻。其实我们这样说话作文无非只是想这样做，想这样聊以自娱，如其觉得没有什么可娱，那么尽可简单地停止。我们在门外草地上翻几个筋斗，想象那对面高楼上的美人看看（明知她未必看见），很是高兴，是一种办法，反正她不会看见，不翻筋斗了，且卧在草地上看云罢，这也是一种办法。两种都是对的，我这回是在做第二个题目罢了。

我是喜欢翻筋斗的人，虽然自己知道翻得不好。但这也只是不巧妙罢了，未必有什么害处，足为世道人心之忧。不过自己的评语总是不大靠得住的，所以在许多知识阶级的道学家看来，我的筋斗都翻得有点不道德，不是这种姿势足以坏乱风俗，便是这个主意近于妨害治安。这种情形在中国可以说是意表之内的事，我们也并不想因此而变更态度，但如民间这种倾向到了某一程度，翻筋斗的人至少也应有想到省力的时候了。

三张纸已将写满，这篇文应该结束了。我费了三张纸来提倡沉默，因为这是对于现在中国的适当办法。——然而这原来只是两处办法之一，有时也可以择取另一办法：高兴的时候弄点小把戏，"借资排遣"。将来别处看有什么机缘，再来聒噪，也未可知。

意志力就是永动机

奥里森·马登 (1848—1924)

现代成功学的奠基人，20世纪最伟大的成功励志导师，被誉为"美国个人奋斗精神的代言人"。他的著作有一种不可思议的魅力，跨越了40多个国家，被译成35种语言，以其积极的生活哲学，激励和鼓舞了无数年轻人奋发向上，不断改变自我，以获取幸福的人生。从美国历届总统到南非前总统曼德拉，从洛克菲勒、乔治·索罗斯、比尔·盖茨到施瓦辛格、贝克汉姆，都认为马登的著作在他们的青年时期对他们产生了决定性的影响。本文讲的是意志力对于成功的重要性。

一些人之所以能在众人中脱颖而出，取得成功，并不是因为他们才华横溢，天赋异禀，完美无缺，或者拥有多少自信，而是因为他们具备坚定的意志力。辛苦的工作总是容易使人厌烦，棘手的难题总是容易使人停滞不前，但是，对那些有潜力成功的人来说，在他们身上，永远不会出现类似状况，无论他经历多少苦难，无论他曾经多么沮丧，他们都会始终如一地坚持下去，直到看见胜利的曙光。这是成功最基础的秘诀，可惜很少有人能够理解这一点并且身体力行。

奥杜邦就具备这种坚定的意志力。他是一位杰出的鸟类学家，因为工作原因，他必须长时间待在森林中。许多年后，他创作了几百幅关于鸟类的绘画，这些绘画中倾注了他大量心血，而且科学价值极高。但是，由于意外，这些绘画都被老鼠弄坏了。当时，奥杜邦又震惊又伤心。因为这可怕的经历，他甚至一连病了好几个星期，然而，在意志力的支撑下，他又重新站了起来。他的身体逐渐恢复，他的精神也逐渐振作起来。当一切基本正常之后，他又抖擞精神，重新走进了森林，企图重新画出那些画。

《法国革命史》的作者卡莱尔也遭遇过这种不幸。他费尽千辛万苦，终于写完了那本书的第一卷，而且很快就可以印刷出来了，但是，在那之前，他的邻居对他说，想看一下他的作品，于是他慷慨地把手稿交给了邻居，没想到，这邻居看完后，没有把稿子收好，而是放到了地上，这时候，女仆恰好来点壁炉，不小心烧掉了全部的稿子。得知这个消息后，卡莱尔十分沮丧，但他没有一蹶不振，而是又花费了好几个月的时间，重新查找资料，潜心写作，又重新写了一份。

带着意志力前进

在文学史上，类似的人物并不少，他们都长期挣扎在贫困、窘迫和不幸中，但他们都凭借着坚强的意志力，最终坚持过来，迎来了喜人的成功。这是不争的事实。大部分文学家都会经受困境，遭受打击，没有声望也没有钱。他们之所以能取得成功，名垂青史，正是因为——无论遇到什么困难，他们都绝不屈服。而且，困难越大，他们就越精力充沛，时刻准备着去解决它。

著名数学家贝尔曾经这样教导自己的学生阿拉贡——"坚持，先生，记住，无论发生什么，都一定要坚持下去。要知道，你虽然会遇到很多困难，但它们不会一直存在，他们总会被解决，所以，只要你保持前进，就能看到最后的光明。"这些话深深地鼓舞了阿拉贡，使他潜心学习数学，最终也成为像老师一样伟大的数学家。

巴尔扎克就没有这么好的运气了。他的父亲并没有鼓励他，而是用现实的残酷教导他——"在文学界，想混出名堂不是一件容易的事，在这里，如果做不成国王，就一定要做乞丐，没有中间的路可以走。"如果巴尔扎克只是个普通人，在听到这样的话之后，恐怕就永远不会再碰文学了。可是巴尔扎克并没有，他坚定地回答父亲："没错，我要做国王。"父亲尊重了他的想法，但他并没有像自己说的那样，一开始就成为国王，他足足写了十多年，完成了数十本毫无影响力的小说，才最终写出了伟大的作品。

左拉的意志力也异于常人。童年时期，他过得十分幸福，但是，在他青年时期，父亲忽然去世，家境开始急转直落。为此，他和母亲不得不每日为生计发愁。那段时间，年轻的左拉经常食不果腹，有时候只能靠吃苹果充饥，几乎吃不到肉。而且，到了冬天，他也经常受冻，因为柴火很昂贵，他们根本负担不起。但是，即使在这种艰难的情况下，他仍然坚持买蜡烛，因为他要在晚上用那些蜡烛读书学习。

塞穆尔·约翰逊在成名之前，每天生活费只有区区九便士，因此，他的鞋虽然破了，却没钱再去买一双新的，十几年来，他都是这样度过的。约翰·洛克也是如此，他曾经只能住在阁楼上，只喝得起水，吃得起面包。尽管如此，他们比海恩的遭遇还要好一点，海恩年轻的时候，日子过得窘迫得多。他没有床，只能睡在地上，他也没有枕头，只能把书当枕头。

爱默生也是这样。他在上学的时候，曾经因为没钱借书，始终无法将一套书看完，但是，在经历这些后，他的生活开始变得越来越好。他做了教师，后来又成了作家。对于这种转折，爱默生深深地认识到，正是坚强的意志力帮助他抵挡不幸，促使他走向成功。

"作为作家，她永远不会成功"

路易莎·奥尔科特和巴尔扎克差不多。她的出身不是很好，家里欠了很多钱，最初，她也只是个老师，她开始写作的时候，没有任何人支持她。一位叫菲尔德的编辑曾这样告诉她——"我觉得你还是适合做老师，因为你永远不可能靠写作获得成功。"但是，路易莎没有气馁，在一片反对声中，她始终坚持写作。对于菲尔德的话，她是这样回复的——"我觉得你的想法有失偏颇，总有一天，我不仅会靠写作获得成功，还会让你喜欢上我的书。"在坚持不懈的努力下，她终于实现了诺言。靠写作，她足足赚了20万美元。用这些钱，她不仅彻底还清了家里的债务，还让家人过上了幸福的生活。

"把不可能的事情变成可能"

很多目标，看似远大，但一切皆有可能，只要你敢于向它们挑战，并且一直带着意志力前进，你就会离它们越来越近。作为万物的灵长，我们理应尽力做好能力范围内的每一件事情。

查尔斯·福克斯说："如果一个人天生擅长演讲，并且在第一次上台的时候就成功了，这自然是件好事情，但是，如果一个并不非常擅长演讲的人，在第一次上台时，做的不是那么尽善尽美，却可以从中吸取经验教训，继续努力改进自己，那么，这个人以后所取得的成就，很有可能比第一个人大得多。"

科布登就是这样。他第一次演讲是在曼彻斯特，无论从哪个角度看，那都不是一场成功的演讲，但是，他并没有被失败吓倒，而是一直完善自己，最终赢得了人们的称赞。迪斯累利是英国重要政治人物，本来，他并不想位居高位，那时候他还经常嘲讽地对众议院说："你们马上就能听到我的声音了。"然而，后来，他真的做到了。他曾管理英国政府长达25年。

为意志力确立目标

在众多能使人成功的因素中，天赋、智慧、修养自然都很重要，也是人们可以控制的因素。当然，运气和机遇也很重要，但这些更随机，更难以捉摸，人们总是不能左右它们，所以，在这里，我们不考虑这些因素。

重要的是，尽管你具备天赋、智慧和修养，如果没有树立一个明确的目标，并始终向这个目标迈进，最后也很有可能不会成功。一个清晰的目标对于每个人都十分重要，但是大部分人都缺乏这种树立目标的能力。斯多克这样说："他们甚至从未考虑过任何关于目标的问题，总是得过且过，随波逐流。他们不知道自己想干什么，能干什么，觉得自己做什么都行，做什么都没关系，无论是做生意，还是参与政治，他们都人云亦云，左右摇摆，没有自己的想法和观点。"这样的人，很少有机会取得成功。

这世界上有天赋的人并不少，有智慧的人也不少，他们本可以成为伟大的画家、作家、医生、音乐家，但是他们没有。这是为什么？因为他们不具备坚定的意志力，只要遇到一点困难，就怨天尤人，就迫不及待地退缩、放弃。这样的人，自然不会有太大的成就。

意志力不仅能给你提供强大的动力，支持你一直向成功挺进，也能使你的精神面貌焕然一新。它是一种看不见的力量，它能使人在潜意识中就信任你，支持你。这和自信差不多，如果你自己都相信自己，别人自然也会倾向于相信你。而你表现给外界的，也都是积极向上的品质——不畏艰险，勇于开拓……这样的人，谁又会故意刁难他，阻挠他，打击他？

既然已经定下目标，就要全神贯注地去接近目标，完成目标，至于到底能不能达到，什么时候能达到，思考这些问题，未免太没有意义。那些具备坚韧不拔意志的人，从来都不会思考这样的问题。他们一旦设定好目标，在奔向目标的道路上，他们唯一做的事，就是一直保持前进的姿态，并在前进的过程中考虑如何让自己走得更远，如何才能更接近自己的目标。他们总是那样勇往直前，带着坚定的意志力，毫不畏惧地跨越山河，穿越沼泽，坚定不移地向着最终的目标前进。

在美国历史上，一个普通人，经过自己的努力获得成功，一个天才，因为一件小事而走向失败，都是极为正常的事。通过无数案例分析，我们可以发现，一个普通人想要获得成功，必然离不开坚强的意志。而一个天才缺乏了意志力，也难以有伟大的成就。

成功必备的三种品质

"想要成功，需要三个必要条件：毅力，毅力，毅力。"查尔斯·萨姆纳曾经这样说。

要做成一件事，自然要集齐很多因素，机会是其中很重要的一个因素。但是，只有机会，没有毅力和决心也是不行的。一个不够坚定的人无法为自己赢得地位。正是毅力和勇气，统治着我们的这个世界。

失败成就了伟人

欧文说："成功的路上总是充满荆棘与苦难。但是，只要有意志力，这些恶劣的条件反而会激发我们的勇气和热情，考验我们的意志力、才能和美德，使我们在一次次失败的尝试中，逐渐建立健全的心智，找到人生的意义。人类的伟大之处就在于他们可以不顾一切地战胜困难，挑战自己。"

成功并不以一个人做到什么来衡量，而是以他遭遇了什么，以及怎么表现来衡量。不是跑得越远的人越会得到奖牌，而是战胜了越多困难的人，更有可能得到奖牌。

"伟人一定要经历失败。正是这些失败让我们更好地前进。不要厌恶失败，是失败让我们更有可能成功。"亨利·比彻说。

我认识一个叫西摩的人，他住在纽约，是个不折不扣的成功人士。我曾经问过他这样一个问题——"如果让你抹去之前做过的事，你会抹去什么？生意上的失败？还是受过的苦难？"对于这个问题，他是这样回答的——"不，都不是。失败和苦难对我有很多好处，我不愿意消除它们。正是它们带给我不可估量的财富，我会终生感激它们。"

钱宁说："艰险、苦难、冲突总是不受欢迎的。我们想方设法逃避它们，一旦不能逃避，就开始恶毒地咒骂它们。我们更喜欢宁静的港湾和平坦的大路，但是，在这个过程中，我们却忽略了风险带来的不可比拟的财富。一帆风顺的生活固然值得向往，但只有曲折的人生才堪称精彩。如果一切都尽如人意，一个人的修养和智慧还有意志力绝对不会十分明显地体现出来。从这个角度说，艰险不仅激发了我们的潜力，也有利于我们认清自己。"

霍尔姆斯说过——

不要放弃，机会终将来临，

就算只有百分之一的可能性，也要坚持下去。

坚持下去，就是胜利。

勇敢地坚持下去，

真正的勇气，也是最高的荣誉。

这是最古老的真理。

坚韧不拔，永不放弃。

这是男子汉真正该有的勇气。

（张军　译）

没有最好，只有更好

奥里森·马登
　　我们每个人都有长处和短处，不要用自己的短处去和别人的长处比。我们更应该做的，是认识到自己的能力，并合理利用它们，展现出属于自己的独特光彩。

　　成功是一种很宽泛的概念，它和行业无关，无论你做什么，都有可能获得成功。当然，前提是，你要拥有坚定不移的进取心，愿意完善自己，愿意去追求一些更高贵、美好的事物。奋勇争先，追求卓越，这些积极向上的品质永远像北极星一样引领人们进步，促使人们成功，催促人们不断创造一个又一个奇迹。

　　安德鲁·卡耐基说："想要成为企业领袖，就要有雄心壮志，尤其对于年轻人来说。否则，我是不会帮助他们的。"作为普通员工，要敢于去竞争主管和总经理，无论你现在处于多高的位置，都应该把目光放在更高的地方。要敢于设想，努力拼搏，念念不忘，必有回响。

很多年轻人都怀疑自己到底能不能成功，是不是具备别人不具备的价值，他们总会问身边的人，问陌生人，问能问到的所有人，却始终忘了问他们自己。实际上，能不能成功，能不能实现价值，完全都是你自己的事。教育水平，家庭背景这些外界因素永远只是辅助，甚至连你本身的能力也只是辅助。如果你自己没有进取心，不想去追求，去争取，所有的辅助都没用。反之，如果你愿意追求，愿意争取，就算缺乏辅助，假以时日，你也一定会到达自己的目标。

很多人之所以失败，是因为态度过于消极和狭隘。他对未来没有期望，未来自然不会给他期望。同理，他对自己评价很低，自然会庸碌度日。敢于去做的前提是敢于去想。如果连想都不敢想，做也就更加无从谈起。不要怀疑自己，不要犹豫不决，未来就在前方，你只需要大步向前。在前进的路上，理想、目标、决心、坚韧就是一切。

人人都需要激励，但很多时候，外界并不一定能提供给我们合适的激励。为了能够保持旺盛的精力，继续前进，我们非常需要自我激励。毕竟，对普通人来说，几乎没有谁不想在社会中找到适合自己的位置，发挥出独一无二的价值，而只要想达到这种愿望，就必须自己激励自己。亚伯拉罕·林肯、罗伯特·皮里、本杰明·迪斯雷利都是这样，他们虽然出身于平凡的家庭，但他们非常明白自己的使命，也非常清楚自己该干什么。

在前进的过程中，我们需要这样一种力量。这力量很强大，它源于人心，是一种神奇有趣的本能。它使人们告别野蛮，走向文明，它使人们实现自我，超越自我，它使人类不断进步，社会不断发展。它就是进取心。

欲望，追求，努力，成功。在这条路上，无论如何，我们必将实现理想，但是先要忍受艰辛。这就需要进取心的支撑，也需要丰富的知识和良好的判断力作为辅助。如果既没有进取心，又无法很好地认识自己，更不能判断自己面对的境遇，也就无所谓成功和理想。

能够拥有进取心自然值得骄傲，可是，只有进取心却远远不够。无论你多么积极向上，迫不及待，在行动之前，都要好好思考一下，自己到底适合做什么。人和人是不同的，对有些人来说，有些事很简单，但是对于你来说，也许就是不可逾越的难题。对你来说简单的事，对他们来说，也许会很困难。谁都渴望成功，谁都希望能尽快成功，但是，在出发之前，一定要认清自己的能力，评估一下在那个领域成功的可能性，避免制定遥不可及的目标，透支自己的能力和心情。

"看看自己到底能在哪个领域更容易成功，好好分析一下。"朗费罗说。

每个人都有长处和短处，不要用自己的短处去和别人的长处比。你更应该做的，是认识到自己的能力，并合理利用它们，展现出属于你的独特光彩。

（张军 译）

第二章 懂得包容

　　包容是一种无声的教育。责人不如帮人，倘若对别人的错处一味挑剔、苛责，那只能更加令人反感，甚至会激起其逆反心理，导致一错再错。但包容往往具有一种润物细无声的力量，使人在无形之中获得感染、教化，从而改正自己的错误。在短暂的生命里学会包容别人，能使生活中平添许多快乐，使人生更有意义。正因为有了包容，我们的胸怀才能比天空还宽阔，才能尽容天下难容之事。

随遇而安

邹韬奋（1895—1944）

近代中国著名记者和出版家。1922 年在黄炎培等创办的中华职业教育社任编辑部主任，开始从事教育和编辑工作。1926 年接任《生活周刊》主编，以犀利之笔，力主正义舆论，抨击黑暗势力。他主编《生活周刊》，创办生活书店和著名的三联书店，在 20 世纪 30—40 年代的中国影响很大。代表作品有《全民抗战》《萍踪寄语》等。《随遇而安》选自作者享有盛名的经典散文集《爱与人生》，本文能让我们感受到作者随遇而安的心境。

一个人要有进取的意志，有进取的勇气，有进取的准备，但同时还要有随遇而安的工夫。

姑就事业的地位说，假使甲是最低的地位，乙是比甲较高的地位，依次推升而达丙丁戊等等。由甲而乙，由乙而丙，由丙而丁……中间必非一蹴而就，必经过一段历程。换句话说，由甲到乙，由乙到丙……的中间，必须用过多少工夫，费了多少时间，充了多少学识，得了多少经验，有了多少修养。

倘若未达到乙而尚在甲的时候，心里对于目前所处的境遇，就觉得没有乐趣，希望到了乙的地位才能安泰；到了乙，要想到丙，于是对于那个时候所处的境遇，又觉得没有乐趣，希望到丙的地位才能安泰……这样筋疲力尽的一辈子没有乐趣下去，天天如坐针毡，身心都觉没有地方安顿，岂不苦极！

所以我们一面要进取，一面对于目前所处的地位，要能寻出乐趣来，譬如在职务上有一件事做得尽美尽善，便是乐趣；有一事对付得当，又是乐趣。在甲的时候，有这种乐趣；在乙的时候，也有这种乐趣，岂不是一辈子做有乐趣的人？这便是随遇而安的工夫，这样的随遇而安是积极的，不是消极的。彻底明白了此中真谛，真是受用无穷！

论别人

朱自清

五四以来，成立了各种集团，同时孕育了抗战的力量，但抗战期间又有个人主义冒头，以其名义做自私自利的事情。抗战时期应该怎么样？万众一心、人人为抗战多付出。但一些自私自利的行为却猥獭而卑污，损害社会国家利益、妨害抗战全局，这让朱自清不禁为此深深地忧虑。所以他大声疾呼大家要多想想别人。

有自己才有别人，也有别人才有自己。人人都懂这个道理，可是许多人不能行这个道理。本来自己以外都是别人，可是有相干的，有不相干的。可以说是"我的"那些，如我的父母妻子，我的朋友等，是相干的别人，其余的是不相干的别人。相干的别人和自己合成家族亲友；不相干的别人和自己合成社会国家。自己也许愿意只顾自己，但是自己和别人是相对的存在，离开别人就无所谓自己，所以他得顾到家族亲友，而社会国家更要他顾到那些不相干的别人。所以"自了汉"不是好汉，"自顾自"不是好话，"自私自利""不顾别人死活""只知有己，不知有人"的，更都不是好人。所以孔子之道只是个忠恕：忠是己之所欲，以施于人，恕是己所不欲，勿施于人。这是一件事的两面，所以说"一以贯之"。孔子之道，只是教人为别人着想。

可是儒家有"亲亲之杀"的话，为别人着想也有个层次。家族第一，亲戚第二，朋友第三，不相干的别人挨边儿。几千年来顾家族是义务，顾别人多多少少只是义气；义务是分内，义气是分外。可是义务似乎太重了，别人压住了自己。这才来了五四时代。这是个自我解放的时代，个人从家族的压迫下挣出来，开始独立在社会上。于是乎自己第一，高于一切，对于别人，几乎什么义务也没有了似的。可是又都要改造社会，改造国家，甚至于改造世界，说这些是自己的责任。虽然是责任，却是无限的责任，爱尽不尽，爱尽多少尽多少；反正社会国家世界都可以只是些抽象名词，不像一家老小在张着嘴等着你。所以自己顾自己，在实际上第一，兼顾社会国家世界，在名义上第一。这算是义务。顾到别人，无论相干的不相干的，都只是义气，而且是客气。这些解放了的，以及生得晚没有赶上那种压迫的人，既然自己高于一切，别人自当不在眼下，而居然顾到别人，自当算是客气。其实在这些天之骄子各自的眼里，别人都似乎为自己活着，都得来供养自己才是道理。"我爱我"成为风气，处处为自己着想，说是"真"；为别人着想倒说是"假"，是"虚伪"。可是这儿"假"倒有些可爱，"真"倒有些可怕似的。

为别人着想其实也只是从自己推到别人，或将自己当作别人，和为自己着想并无根本的差异。不过推己及人，设身处地，确需要相当的勉强，不像"我爱我"那样出于自然。所谓"假"和"真"大概是这种意思。这种"真"未必就好，这种"假"也未必就是不好。读小说看戏，往往会为书中人戏中人捏一把汗，掉眼泪，所谓替古人担忧。这也是推己及人，设身处地；可是因为人和地只在书中戏中，并非实有，没有利害可计较，失去相干的和不相干的那分别，所以"推""设"起来，也觉自然而然。作小说的演戏的就不能如此，得观察，揣摩，体贴别人的口气，身份，心理，才能达到"逼真"的地步。特别是演戏，若不能忘记自己，那非糟不可。这个得勉强自己，训练自己；训练越好，越"逼真"，越美，越能感染读者和观众。如果"真"是"自然"，小说的读者，戏剧的观众那样为别人着想，似乎不能说是"假"。小说的作者，戏剧的演员的观察，揣摩，体贴，似乎"假"，可是他们能以达到"逼真"的地步，所求的还是"真"。在文艺里为别人着想是"真"，在实生活里却说是"假""虚伪"，似乎是利害的计较使然；利害的计较是骨子，"真""假""虚伪"只是好看的门面罢了。计较利害过了分，真是像法朗士说的"关闭在自己的牢狱里"；老那么关闭着，非死不可。这些人幸而还能读小说看戏，该仔细吟味，从哪里学习学习怎样为别人着想。

五四以来，集团生活发展。这个那个集团和家族一样是具体的，不像社会国家有时可以只是些抽象名词。集团生活将原不相干的别人变成相干的别人，要求你也训练你顾到别人，至少是那广大的相干的别人。集团的约束力似乎一直在增强中，自己不得不为别人着想。那自己第一，自己高于一切的信念似乎渐渐低下头去了。可是来了抗战的大时代。抗战的力量无疑的出于二十年来集团生活的发展。可是抗战以来，集团生活发展的太快了，这儿那儿不免有多少还不能够得着均衡的地方。个人就又出了头，自己就又可以高于一切；现在却不说什么"真"和"假"了，只凭着神圣的抗战的名字做那些自私自利的事，名义上是顾别人，实际上只顾自己。自己高于一切，自己的集团或机关也就高于一切；自己肥，自己机关肥，别人瘦，别人机关瘦，乐自己的，管不着！——瘦瘪了，饿死了，活该！相信最后的胜利到来的时候，别人总会压下那些猖獗的卑污的自己的。这些年自己实在太猖獗了，总盼望压下它的头去。自然，一个劲儿顾别人也不一定好。仗义忘身，急人之急，确是英雄好汉，但是难得见。常见的不是敷衍妥协的乡愿，就是卑屈甚至谄媚的可怜虫，这些人只是将自己丢进了垃圾堆里！可是，有人说得好，人生是个比例问题。目下自己正在张牙舞爪的，且头痛医头，脚痛医脚，先来多想想别人罢！

（《文聚》，1943 年）

儿 女

朱自清

　　创作于 1928 年 6 月 24 日晚的《儿女》是朱自清继《背影》之后的又一篇关于亲情的追忆散文。全篇是以倒叙的方式展开，借一个婚龄十年的成年男人之口，或喜或悲地道出了他对妻儿的愧与爱。

　　我现在已是五个儿女的父亲了。想起圣陶喜欢用的"蜗牛背了壳"的比喻，便觉得不自在。新近一位亲戚嘲笑我说，"要剥层皮呢！"更有些悚然了。十年前刚结婚的时候，在胡适之先生的《藏晖室札记》里，见过一条，说世界上有许多伟大的人物是不结婚的；文中并引培根的话，"有妻子者，其命定矣"。当时确吃了一惊，仿佛梦醒一般；但是家里已是不由分说给娶了媳妇，又有甚么可说？现在是一个媳妇，跟着来了五个孩子；两个肩头上，加上这么重一副担子，真不知怎样走才好。"命定"是不用说了；从孩子们那一面说，他们该怎样长大，也正是可以忧虑的事。我是个彻头彻尾自私的人，做丈夫已是勉强，做父亲更是不成。自然，"子孙崇拜""儿童本位"的哲理或伦理，我也有些知道；既做着父亲，闭了眼抹杀孩子们的权利，知道是不行的。可惜这只是理论，实际上我是仍旧按照古老的传统，在野蛮地对付着，和普通的父亲一样。近来差不多是中年的人了，才渐渐觉得自己的残酷；想着孩子们受过的体罚和叱责，始终不能辩解——像抚摩着旧创痕那样，我的心酸溜溜的。有一回，读了有岛武郎《与幼小者》的译文，对于那种伟大的，沉挚的态度，我竟流下泪来了。去年父亲来信，问起阿九，那时阿九还在白马湖呢；信上说，"我没有耽误你，你也不要耽误他才好。"我为这句话哭了一场；我为什么不像父亲的仁慈？我不该忘记，父亲怎样待我们来着！人性许真是二元的，我是这样地矛盾；我的心像钟摆似的来去。

你读过鲁迅先生的《幸福的家庭》么？我的便是那一类的"幸福的家庭"！每天午饭和晚饭，就如两次潮水一般。先是孩子们你来他去地在厨房与饭间里查看，一面催我或妻发"开饭"的命令。急促繁碎的脚步，夹着笑和嚷，一阵阵袭来，直到命令发出为止。他们一递一个地跑着喊着，将命令传给厨房里佣人；便立刻抢着回来搬凳子。于是这个说，"我坐这儿！"那个说，"大哥不让我！"大哥却说，"小妹打我！"我给他们调解，说好话。但是他们有时候很固执，我有时候也不耐烦，这时用着叱责了；叱责还不行，不由自主地，我的沉重的手掌便到他们身上了。于是哭的哭，坐的坐，局面才算定了。接着可又你要大碗，他要小碗，你说红筷子好，他说黑筷子好；这个要干饭，那个要稀饭，要茶要汤，要鱼要肉，要豆腐，要萝卜；你说他菜多，他说你菜好。妻是照例安慰着他们，但这显然是太迂缓了。我是个暴躁的人，怎么等得及？不用说，用老法子将他们立刻征服了，虽然有哭的，不久也就抹着泪捧起碗了。吃完了，纷纷爬下凳子，桌上是饭粒呀，汤汁呀，骨头呀，渣滓呀，加上纵横的筷子，欹斜的匙子，就如一块花花绿绿的地图模型。吃饭而外，他们的大事便是游戏。游戏时，大的有大主意，小的有小主意，各自坚持不下，于是争执起来；或者大的欺负了小的，或者小的竟欺负了大的，被欺负的哭着嚷着，到我或妻的面前诉苦。我大抵仍旧要用老法子来判断的，但不理的时候也有。最为难的，是争夺玩具的时候：这一个的与那一个的是同样的东西，却偏要那一个的；而那一个便偏不答应。在这种情形之下，不论如何，终于是非哭了不可的。这些事件自然不至于天天全有，但大致总有好些起。我若坐在家里看书或写什么东西，管保一点钟里要分几回心，或站起来一两次的。若是雨天或礼拜日，孩子们在家的多，那么，摊开书竟看不下一行，提起笔也写不出一个字的事，也有过的。我常和妻说，"我们家真是成日的千军万马呀！"有时是不但"成日"，连夜里也有兵马在进行着，在有吃乳或生病的孩子的时候！

我结婚那一年，才十九岁。二十一岁，有了阿九；二十三岁，又有了阿菜。那时我正像一匹野马，哪能容忍这些累赘的鞍鞯，辔头，和缰绳？摆脱也知是不行的，但不自觉地时时在摆脱着，现在回想起来，那些日子，真苦了这两个孩子；真是难以宽宥的种种暴行呢！阿九才两岁半的样子，我们住在杭州的学校里。不知怎地，这孩子特别爱哭，又特别怕生人。一不见了母亲，或来了客，就哇哇地哭起来了。学校里住着许多人，我不能让他扰着他们，而客人也总是常有的；我懊恼极了，有一回，特地骗出了妻，关了门，将他按在地下打了一顿。这件事，妻到现在说起来，还觉得有些不忍；她说我的手太辣了，到底还是两岁半的孩子！我近年常想着那时的光景，也觉黯然。阿菜在台州，那是更小了；才过了周岁，还不大会走路。也是为了缠着母亲的缘故吧，我将她紧紧地按在墙角里，直哭喊了三四分钟；因此生了好几天病。妻说，那时真寒心呢！但我的苦痛也是真的。我曾给圣陶写信，说孩子们的折磨，实在无法奈何；有时竟觉着还是自杀的好。这虽是气愤的话，但这样的心情，确也有过的。后来孩子是多起来了，磨折也磨折得久了，少年的锋棱渐渐地钝起来了；加以增长的年岁增长了理性的裁制力，我能够忍耐了——觉得从前真是一个"不成材的父亲"，如我给另一个朋友信里所说。但我的孩子们在幼小时，确比别人的特别不安静，我至今还觉如此。我想这大约还是由于我们抚育不得法；从前只一味地责备孩子，让他们代我们负起责任，却未免是可耻的残酷了！

正面意义的"幸福"，其实也未尝没有。正如谁所说，小的总是可爱，孩子们的小模样，小心眼儿，确有些教人舍不得的。阿毛现在五个月了，你用手指去拨弄她的下巴，或向她做趣脸，她便会张开没牙的嘴格格地笑，笑得像一朵正开的花。她不愿在屋里待着；待久了，便大声儿嚷。妻常说，"姑娘又要出去溜达了。"她说她像鸟儿般，每天总得到外面溜一些时候。闰儿上个月刚过了三岁，笨得很，话还没有学好呢。他只能说三四个字的短语或句子，文法错误，发音模糊，又得费气力说出；我们老是要笑他的。他说"好"字，总变成"小"字；问他"好不好？"他便说"小"，或"不小"。我们常常逗着他说这个字玩儿；他似乎有些觉得，近来偶然也能说出正确的"好"字了——特别在我们故意说成

"小"字的时候。他有一只搪瓷碗，是一毛来钱买的；买来时，老妈子教给他，"这是一毛钱。"他便记住"一毛"两个字，管那只碗叫"一毛"，有时竟省称为"毛"。这在新来的老妈子，是必需翻译了才懂的。他不好意思，或见着生客时，便咧着嘴痴笑；我们常用了土话，叫他做"呆瓜"。他是个小胖子，短短的腿，走起路来，蹒跚可笑；若快走或跑，便更"好看"了。他有时学我，将两手叠在背后，一摇一摆的；那是他自己和我们都要乐的。他的大姊便是阿菜，已是七岁多了，在小学校里念着书。在饭桌上，一定得啰啰唆唆地报告些同学或他们父母的事情；气喘喘地说着，不管你爱听不爱听。说完了总问我："爸爸认识么？""爸爸知道么？"妻常禁止她吃饭时说话，所以她总是问我。她的问题真多：看电影便问电影里的是不是人？是不是真人？怎么不说话？看照相也是一样。不知谁告诉她，兵是要打人的。她回来便问，兵是人么？为什么打人？近来大约听了先生的话，回来又问张作霖的兵是帮谁的？蒋介石的兵是不是帮我们的？诸如此类的问题，每天短不了，常常闹得我不知怎样答才行。她和闰儿在一处玩儿，一大一小，不很合适，老是吵着哭着。但合适的时候也有：譬如这个往床底下躲，那个便钻进去追着；这个钻出来，那个也跟着——从这个床到那个床，只听见笑着，嚷着，喘着，真如妻所说，像小狗似的。现在在京的，便只有这三个孩子；阿九和转儿是去年北来时，让母亲暂时带回扬州去了。

阿九是欢喜书的孩子。他爱看《水浒》《西游记》《三侠五义》《小朋友》等；没有事便捧着书坐着或躺着看。只不欢喜《红楼梦》，说是没有味儿。是的，《红楼梦》的味儿，一个十岁的孩子，哪里能领略呢？去年我们事实上只能带两个孩子来；因为他大些，而转儿是一直跟着祖母的，便在上海将他俩丢下。我清清楚楚记得那分别的一个早上。我领着阿九从二洋泾桥的旅馆出来，送他到母亲和转儿住着的亲戚家去。妻嘱咐说，"买点吃的给他们吧。"我们走过四马路，到一家茶食铺里。阿九说要熏鱼，我给买了；又买了饼干，是给转儿的。便乘电车到海宁路。下车时，看着他的害怕与累赘，很觉恻然。到亲戚家，因为就要回旅馆收拾上船，只说了一两句话便出来；转儿望望我，没说什么，阿九是和祖母说什么去了。我回头看了他们一眼，硬着头皮走了。后来妻告诉我，阿九背地里向她说："我知道爸爸欢喜小妹，不带我上北京去。"其实这是冤枉的。他又曾和我们说："暑假时一定来接我啊！"我们当时答应着；但现在已是第二个暑假了，他们还在迢迢的扬州待着。他们是恨着我们呢？还是惦着我们呢？妻是一年来老放不下这两个，常常独自暗中流泪；但我有什么法子呢！想到"只为家贫成聚散"一句无名的诗，不禁有些凄然。转儿与我较生疏些。但去年离开白马湖时，她也曾用了生硬的扬州话（那时她还没有到过扬州呢），和那特别尖的小嗓子向着我："我要到北京去。"她晓得什么北京，只跟着大孩子们说罢了；但当时听着，现在想着的我，却真是抱歉呢。这兄妹俩离开我，原是常事，离开母亲，虽也有过一回，这回可是太长了；小小的心儿，知道是怎样忍耐那寂寞来着！

　　我的朋友大概都是爱孩子的。少谷有一回写信责备我，说儿女的吵闹，也是很有趣的，何至可厌到如我所说；他说他真不解。子恺为他家华瞻写的文章，真是"蔼然仁者之言"。圣陶也常常为孩子操心：小学毕业了，到什么中学好呢？——这样的话，他和我说过两三回了。我对他们只有惭愧！可是近来我也渐渐觉着自己的责任。我想，第一该将孩子们团聚起来，其次便该给他们些力量。我亲眼见过一个爱儿女的人，因为不曾好好地教育他们，便将他们荒废了。他并不是溺爱，只是没有耐心去料理他们，他们便不能成材了。我想我若照现在这样下去，孩子们也便危险了。我得计划着，让他们渐渐知道怎样去做人才行。但是要不要他们像我自己呢？这一层，我在白马湖教初中学生时，也曾从师生的立场上问过丐尊，他毫不踌躇地说，"自然啰。"近来与平伯谈起教子，他却答得妙，"总不希望比自己坏啰。"是的，只要不

"比自己坏"就行，"像"不"像"倒是不在乎的。职业，人生观等，还是由他们自己去定的好；自己顶可贵，只要指导，帮助他们去发展自己，便是极贤明的办法。

予同说，"我们得让子女在大学毕了业，才算尽了责任。"SK 说，"不然，要看我们的经济，他们的材质与志愿；若是中学毕了业，不能或不愿升学，便去做别的事，譬如做工人吧，那也并非不行的。"自然，人的好坏与成败，也不尽靠学校教育；说是非大学毕业不可，也许只是我们的偏见。在这件事上，我现在毫不能有一定的主意；特别是这个变动不居的时代，知道将来怎样？好在孩子们还小，将来的事且等将来吧。目前所能做的，只是培养他们基本的力量——胸襟与眼光；孩子们还是孩子们，自然说不上高的远的，慢慢从近处小处下手便了。这自然也只能先按照我自己的样子；"神而明之，存乎其人"，光辉也罢，倒霉也罢，平凡也罢，让他们各尽各的力去。我只希望如我所想的，从此好好地做一回父亲，便自称心满意。——想到那"狂人""救救孩子"的呼声，我怎敢不悚然自勉呢？

风　筝

鲁　迅

　　《风筝》是一篇回忆性的散文。作者年少时对放风筝不屑一顾，故嫌恶小兄弟（周建人）喜好风筝，但是在作者长大后了解到玩具是儿童的天使，因此对年少时抹杀小兄弟的爱好感到深深的自责，且写此文的时候正值农历正月初一，作者有感于内心的苦闷和对现实社会的抗争便作了此文。

　　北京的冬季，地上还有积雪，灰黑的秃树枝丫叉于晴朗的天空中，而远处有一二风筝浮动，在我是一种惊异和悲哀。

　　故乡的风筝时节，是春二月，倘听到沙沙的风轮声，仰头便能看见一个淡墨色的蟹风筝或嫩蓝的蜈蚣风筝。还有寂寞的瓦片风筝，没有风轮，又放得很低，伶仃地显出憔悴可怜模样。但此时地上的杨柳已经发芽，早的山桃也多吐蕾，和孩子们的天上的点缀相照应，打成一片春日的温和。我现在在哪里呢？四面都还是严冬的肃杀，而久经诀别的故乡的久经逝去的春天，却就在这天空中荡漾了。

但我是向来不爱放风筝的，不但不爱，并且嫌恶他，因为我知道这是没出息孩子所做的玩意儿。和我相反的是我的小兄弟，他那时大概十岁内外罢，多病，瘦得不堪，然而最喜欢风筝，自己买不起，我又不许放，他只得张着小嘴，呆看着空中出神，有时至于小半日。远处的蟹风筝突然落下来了，他惊呼；两个瓦片风筝的缠绕解开了，他高兴得跳跃。他的这些，在我看来都是笑柄，可鄙的。

有一天，我忽然想起，似乎多日不看见他了，但记得曾见过他在后园拾枯竹。我恍然大悟似的，便跑向少有人去的一间堆积杂物的小屋去，推开门，果然就在压封的什物堆中发现了他。他向着大方凳，坐在大凳上，便很惊惶地站起来，失了色瑟缩着。大方凳旁靠着一个蝴蝶风筝的竹骨，还没有糊上纸，凳上是一对做眼睛用的小风轮，正用红纸条装饰着，将要完工了。我在破获秘密的满足中，又很愤怒他的瞒了我的眼睛，这样苦心孤诣地来偷做没出息孩子的玩意儿。我即刻伸手折断了蝴蝶的一支翅骨，又将风轮掷在地下，踏扁了。

论长幼，论力气，他是都敌不过我的，我当然得到完全的胜利，于是傲然走出，留他绝望地站在屋里。后来他怎样，我不知道，也没有留心。

然而我的惩罚终于轮到了，在我们离别很久之后，我已经是中年，我不幸偶尔看了一本外国的讲论儿童的书，才知道游戏是儿童最正当的行为，玩具是儿童的天使。于是二十年来毫不忆及的儿时对于精神的虐杀的这一幕，忽地在眼前展开，而我的心也仿佛同时变了铅块，很重很重地堕下去了。

但心又不竟堕下去而至于断绝，他只是很重很重的堕着，堕着。

我也知道补过的方法的：送他风筝，赞成他放，劝他放，我和他一同放。我们嚷着，跑着，笑着。——然而他其时已经和我一样，早有了胡子了。

我也知道还有一个补过的方法的：去讨他的宽恕，等他说，"我可是毫不怪你呵。"那么，我的心一定就轻松了，这确是一个可行的方法。有一回，我们会面的时候，是脸上都已添刻了许多"生"的辛苦的条纹，而我的心很沉重。我们渐渐谈起儿时的旧事来，我便叙述到这一节，自说少年时代的糊涂。"我可是毫不怪你呵"，我想，他要说了，我即刻便受了宽恕，我的心从此也宽松了罢。

"有过这样的事么？"他惊异地笑着说，就像旁听着别人的新闻一样，他什么也记不得了。

全然忘却，毫无怨恨，又有什么宽恕之可言？无怨的恕，说谎罢了。

我还希求什么呢？我的心只得沉重着。

现在，故乡的春天又在这异地的空中了，既给我久经逝去的儿时的回忆，而一并也带着无可把握的悲哀。我倒不如躲到肃杀的严冬中去罢——但是，四面又明明是严冬，正给我非常的寒威和冷气。

唯一的听众

郑振铎（1898—1958）

出生于浙江温州，原籍福建长乐。中国现代杰出的爱国主义者和社会活动家、作家、诗人、学者、文学评论家、文学史家、翻译家、艺术史家，也是著名的收藏家、训诂家。著有专著《文学大纲》《俄国文学史略》《中国文学论集》《中国俗文学史》等，短篇小说集《家庭的故事》《取火者的逮捕》《桂公塘》，散文集《佝偻集》《欧行日记》《山中杂记》《海燕》等，译著《沙宁》《血痕》《灰色马》《新月集》《飞鸟集》《印度寓言》等。本文记叙了"我"在一位音乐教授真诚无私的帮助下，由没有信心学会拉小提琴，到能够在各种文艺晚会上为成百上千的观众演奏的事。

用父亲和妹妹的话来说，我在音乐方面简直是一个白痴。这是他们在经受了数次"折磨"之后下的结论。在他们听起来，我拉小夜曲就像在锯床腿。这些话使我感到十分沮丧。我不敢在家里练琴了。我发现了一个练琴的好地方，就在楼区后面的小山上，那儿有一片林子，地上铺满了落叶。

　　沙沙的足音，听起来像一曲悠悠的小令。我在一棵树下站好，庄重地架起小提琴，像一个隆重的仪式，拉响了第一支曲子。

　　但很快我就沮丧了，我似乎又将那把锯子带到了林子里。

　　当我感觉到身后有人并转过身时，吓了一跳，一位极瘦极瘦的老妇人静静地坐在一张木椅上，她双眼平静地望着我。一定破坏了这老人正独享的幽静。

　　我抱歉地冲老人笑了笑，准备溜走。老人叫住我，她说，"是我打搅了你了吗？小伙子。不过，我每天早晨都在这儿坐一会儿。"一束阳光透过叶缝照在她的满头银丝上。"我猜想你一定拉得非常好，只可惜我的耳朵聋了。如果不介意我在场的话，请继续吧。"

　　我指了指琴，摇了摇头，意思是说我拉不好。

　　"也许我会用心去感受这音乐。我能做你的听众吗？每天早晨？"

　　我被这位老人诗一般的语言打动了；我羞愧起来，同时暗暗有了几分信心。嘿，毕竟有人夸我了，尽管她是一个可怜的聋子。我于是继续拉了起来。

以后，每天清晨，我都到小树林里去练琴，面对我唯一的听众，一位耳聋的老人。她一直很平静地望着我。我停下来时，她总不忘说一句："真不错。我的心已经感受到了。谢谢你，小伙子。"我心里洋溢着一种从未有过的感觉。

很快我就发觉我变了。从我紧闭小门的房间里，常常传出基本练习曲。若在以前，妹妹总会敲敲门，装作一副可怜的样子说："求求你，饶了我吧！"我已经不在乎了。我站得很直，两臂累得又酸又痛，汗水早就湿透了衬衣。但我不会坐在木椅子上练习，而以前我会的。不知为什么，总使我感到忐忑不安、甚至羞愧难当的是每天清晨我都要面对一个耳聋的老妇人全力以赴地演奏；而我唯一的听众也一定早早地坐在木椅上等我了，并且有一次她竟说我的琴声能给她带来快乐和幸福。更要命的是我常常会忘记了她是个可怜的聋子！

我一直珍藏着这个秘密，直到有一天，我的一曲《月光奏鸣曲》让专修音乐的妹妹感到大吃一惊，从她的表情中我知道她的感觉一定不是在欣赏锯床腿了。妹妹逼问我得到了哪位名师的指点。我告诉她："是一位老太太，就住在 12 号楼，非常瘦，满头白发，不过——她是一个聋子。""聋子？"

妹妹惊叫起来，"聋子！多么荒唐！她是音乐学院最有声望的教授，更重要的，曾是乐团的首席小提琴手，而你竟说她是聋子！"

我一直珍藏着这个秘密。珍藏着一位老人美好的心灵。每天清晨，我总是早早地来到林子里，然后静静拉起一支优美的曲子。我感觉我奏出了真正的音乐，那些美妙的音符从琴弦上缓缓流淌着，充满了整个林子，充满了整个心灵。我们没有交谈过什么，只是在这个美丽的早晨，一个人轻轻地拉，一个人静静地听。

我看着这位老人安详地靠在木椅上，微笑着，手指悄悄打着节奏。我全力以赴地演奏，也许会给老人带来一丝快乐和幸福。她慈祥的眼睛平静地望着我，像深深的潭水在静静地流动着。

后来，我已经能足够熟练地操纵小提琴，它是我永远无法割舍的爱好。在不同的时期，我总会遇到一些大家组织的文艺晚会，我也有了机会面对成百上千的观众演奏小提琴曲。我总是不由地想起那位耳"聋"的老人，那清晨里我唯一的听众……

第二度的青春

梁遇春（1906—1932）

中国著名的散文家，师从叶公超等名师。其散文风格另辟蹊径，兼有中西方文化特色。在 26 年的人生中撰写多篇著作，被誉为"中国的伊利亚"。代表作品有《春醪集》《泪与笑》等。《第二度的青春》讲的是父辈们在孩子们的身上延续希望，而初为人父的梁遇春仿佛也在自己的孩子身上获得到了第二度的青春。这是生命的轮回。所以作者说："年来常常记起这几句话，感到这几句叮咛包括了整个人生。"

人们到了相当年纪，大概不会再有春愁。就说偶然还涉遐思，也不好意思出口了。

乡愁，那是许多人所逃不了的。有些人天生一副怀乡病者的心境，天天惦念着他精神上的故乡。就是住在家乡里，仍然忽忽如有所失，像个海外飘零的客子。就说把他们送到乐园去，他们还是不胜惆怅，总是希冀企望着，想回到一个他所不知道的地方。这些人想像出许多虚幻的境界，那是宗教家的伊甸园，哲学家的伊比鸠鲁斯花园，诗人的 Elysium El Dorado，Arcadia，理想主义者的乌托邦，来慰藉他们彷徨的心灵；可是若使把他们放在他们所追求的天国里，他们也许又皱起眉头，拿着笔描写出另个理想世界了。思想无非是情感的具体表现，他们这些世外桃源只是他们不安心境的寄托。全是因为它们是不能实现的，所以才能够传达出他们这种没个为欢处的情怀；一旦不幸，理想变为事实，它们立刻就不配做他们这些情绪的象征了。说起来，真是可悲，然而也怪有趣。总之，这一班人大好年华都消磨于萦怀一个莫须有之乡，也从这里面得到他人所尝不到的无限乐趣。登楼远望云山外的云山，淌下的眼泪流到笑涡里去，这是他们的生活。吾友莫须有先生就是这么一个人，久不见他了，却常忆起他那泪痕里的微笑。

　　可是，人们到了相当年纪（又是这么一句话），对于自己的事情感到厌倦，觉得太空虚了，不值一想，这时连这一缕乡愁也将化为云烟了。其实人们一走出情场，失掉绮梦，对于自己种种的幻觉都消灭了，当下看出自己是个多么渺小无聊的汉子，正好像脱下戏衫的优伶，从缥渺世界坠到铁硬的事实世界，砰的一声把自己惊醒了。这时睁开眼睛，看到天上恒河沙数的群星，一佛一世界，回想自己风尘下过千万人已尝过，将来还有无数万人来尝的庸俗生活，对于自己怎能不灰心呢？当此"屏除丝竹入中年"时候，怎么好呢？

　　可是，人们到了相当年纪，免不了儿女累人，三更儿哭，可以搅你的清梦，一声爸爸，可以动你的心弦。烦恼自然多起来了，但是天下的乐趣都是烦恼带的，烦恼使人不得不希望，希望却是一服包医百病的良方。做了只怕不愁，一生在艰苦的环境下面挣扎着，结果常是"穷"而不"愁"，所谓潦倒也就是麻木的意思。做人做到艳阳天气勾不起你的幽怨，故乡土物打不动你莼鲈之思，真是几乎无路可走了。还好有个父愁。虽然知道自己的一生是个失败，仿佛也看出天下无所谓的成功的事情，已猜透成功等于失败这个哑谜了，居然清瘦地站在宇宙之外，默然与世无涉了；可是对于自己孩子们总有个莫名其妙的希望，大有我们自己既然如是塌台，难道他们也会这样吗的意思。只有没有道理的希望是真实的，永远有生气的，做父亲的人们明知小孩变成顽皮大人是种可伤的事情，却非常希望他们赶快长大。已看穿人性的腐朽同宇宙的乏味了，可是还希望他们来日有个花一般的生涯。为着他们，希望许多绝不可能的事情变为可能，为着他们，肯把自己重新掷到过去的幻觉里去，于是乎从他们的生活里去度自己第二次的青春，又是一场哀乐。为着儿女的恋爱而担心，去揣摩内中的甘苦，宛如又踱进情场。有时把儿女的痴梦拿来细味，自己不知不觉也走到梦里去了，孩提的想头和希望都占着做父亲者的心窝，虽然这些事他们从前曾经热烈地执着过，后来又颓然扔开了。人们下半生的心境又恢复到前半生那样了，有时从父愁里也产生出春愁和乡愁。

记得去年快有儿子时候，我的父亲从南方写信来说道："你现在也快做父亲了，有了孩子，一切要耐忍些。"我年来常常记起这几句话，感到这几句叮咛包括了整个人生。

我的母亲

胡　适（1891—1962）

中国现代著名学者、教育家。安徽绩溪人。曾留学美国，师从杜威，获哲学博士学位。是新文化运动的著名人物。曾编辑《新青年》杂志。他以改良主义的态度对待马克思主义。1938年后，先后任国民政府驻美大使、北京大学校长等职。1948年起长居美国。1962年卒于台湾。有《胡适作品集》37卷（台湾远流出版社）。本文是1956年9月17日在中西部留美同学夏令大会上的演说词。选自《胡适文存》。

我小时身体弱，不能跟着野蛮的孩子们一块儿玩。我母亲也不准我和他们乱跑乱跳。小时不曾养成活泼游戏的习惯，无论在什么地方，我总是文绉绉地。所以家乡老辈都说我"像个先生样子"，遂叫我做"麋先生"。这个绰号叫出去之后，人都知道三先生的小儿子叫做麋先生了。既有"先生"之名，我不能不装出点"先生"样子，更不能跟着顽童们"野"了。有一天，我在我家门口和一班孩子"掷铜钱"，一位老辈走过，见了我，笑道："麋先生也掷铜钱吗？"我听了羞愧的面红耳热，觉得太失了"先生"的身份！

大人们鼓励我装先生样子，我也没有嬉戏的能力和习惯，又因为我确是喜欢看书，故我一生可算是不曾享过儿童游戏的生活。每年秋天，我的庶祖母同我到田里去"监割"（顶好的田，水旱无忧，收成最好，佃户每约田主来监割，打下谷子，两家平分），我总是坐在小树下看小说。十一二岁时，我稍活泼一点，居然和同学组织了一个戏剧班，做了一些木刀竹枪，借得了几副假胡须，就在村口田里做戏。我做的往往是诸葛亮、刘备一类的文角儿。只有一次，我做史文恭，被花荣一箭从椅子上射倒下去，这算是我最活泼的玩艺儿了。

我在这九年（1895—1904）之中，只学得了读书、写字两件事。在文字和思想的方面，不能不算是打了一点底子。但别的方面都没有发展的机会。有一次我们村里"当朋"（八都凡五村，称为"五朋"，每年一村轮着做太子会，名为"当朋"）筹备太子会，有人提议要派我加入前村的昆腔队里学习吹笙或吹笛。族里长辈反对，说我年纪太小，不能跟着太子会走。于是我便失掉了这学习音乐的唯一机会。三十年来，我不曾拿过乐器，也全不懂音乐。究竟我有没有一点学音乐的天资，我至今还不知道。至于学图画，更是不可能的事。我常常用竹纸蒙在小说书的石印绘像上，摹画书上的英雄美人。有一天，被先生看见了，挨了一顿大骂，抽屉里的图画都被搜出撕毁了。于是我又失掉了学做画家的机会。

但这九年的生活，除了读书看书之外，究竟给了我一点做人的训练。在这一点上，我的恩师便是我的慈母。

每天天刚亮时，我母亲便把我喊醒，叫我披衣坐起。我从不知道她醒来坐了多久了。她看我清醒了，便对我说昨天我做错了什么事，说错了什么话，要我认错，要我用功读书。有时候她对我说父亲的种种好处，她说："你总要踏上你老子的脚步。我一生只晓得这一个完全的人，你要学他，不要跌他的股（跌股便是丢脸出丑）。"她说到伤心处，往往掉下泪来。到天大明时，她才把我的衣服穿好，催我去上早学。学堂门上的钥匙放在先生家里，我先到学堂门口一望，便跑到先生家里去敲门。先生家里有人把锁匙从门缝里递出来，我拿了跑回去，开了门，坐下念生书。十天之中，总有八九天我是第一个去开学堂门的。等到先生来了，我背了生书，才回家吃早饭。

我母亲管束我最严。她是慈母兼任严父。但她从来不在别人面前骂我一句，打我一下。我做错了事，她只对我一望，我看见了她的严厉眼光，便吓住了。犯的事小，她等到第二天早晨我眠醒时才教训我。犯的事大，她等到晚上人静时，关了房门，先责备我，然后行罚，或罚跪，或拧我的肉。无论怎样重罚，总不许我哭出声音来。她教训儿子不是借此出气叫别人听的。

　　有一个初秋的傍晚，我吃了晚饭，在门口玩，身上只穿着一件单背心。这时候我母亲的妹子玉英姨母在我家住，她怕我冷了，拿了一件小衫出来叫我穿上。我不肯穿，她说："穿上吧，凉了。"我随口回答："娘（凉）什么！老子都不老子呀。"我刚说了这一句，一抬头，看见母亲从家里走出，我赶快把小衫穿上。但她已听见这句轻薄的话了。晚上人静后，她罚我跪下，重重地责罚了一顿。她说："你没了老子，是多么得意的事！好用来说嘴！"她气得坐着发抖，也不许我上床去睡。我跪着哭，用手擦眼泪，不知擦进了什么微菌，后来足足害了一年多的眼翳病。医来医去，总医不好。我母亲心里又悔又急，听说眼翳可以用舌头舔去，有一夜她把我叫醒，真用舌头舔我的病眼。这是我的严师，我的慈母。

　　我母亲二十三岁做了寡妇，又是当家的后母。这种生活的痛苦，我的笨笔写不出一万分之一二。家中财政本不宽裕，全靠二哥在上海经营调度。大哥从小便是败子，吸鸦片烟，赌博，钱到手就光，光了便回家打主意，见了香炉便拿出去卖，捞着锡茶壶便拿出去押。我母亲几次邀了本家长辈来，给他定下每月用费的数目。但他总不够用，到处都欠下烟债赌债。每年除夕，我家中总有一大堆讨债的，每人一盏灯笼，坐在大厅上不肯去。大哥早已避出去了。大厅的两排椅子上满满的都是灯笼和债主。我母亲走进走出，料理年夜饭、谢灶神、压岁钱等事，只当做不曾看见这一群人。到了近半夜，快要"封门"了，我母亲才走后门出去，央一位邻舍本家到我家来，每一家债户开发一点钱。做好做歹的，这一群讨债的才一个一个提着灯笼走出去。一会儿，大哥敲门回来了。我母亲从不骂他一句。并且因为是新年，她脸上从不露出一点怒色。这样的过年，我过了六七次。

大嫂是个最无能而又最不懂事的人，二嫂是个很能干而气量很窄小的人。她们常常闹意见，只因为我母亲的和气榜样，她们还不曾有公然相骂相打的事。她们闹事时，只是不说话，不答话，把脸放下来，叫人难看；二嫂生气时，脸色变青，更是怕人。她们对我母亲闹气时，也是如此。我起初全不懂得这一套，后来也渐渐懂得看人的脸色了。我渐渐明白，世间最可厌恶的事莫如一张生气的脸；世间最下流的事莫如把生气的脸摆给旁人看。这比打骂还难受。

我母亲的气量大，性子好，又因为做了后母后婆，她更事事留心，事事格外容忍。大哥的女儿比我只小一岁，她的饮食衣服总是和我的一样。我和她有小争执，总是我吃亏，母亲总是责备我，要我事事让她。后来大嫂二嫂都生了儿子了，她们生气时便打骂孩子来出气，一面打，一面用尖刻有刺的话骂给别人听。我母亲只装做不听见。有时候，她实在忍不住了，便悄悄走出门去，或到左邻立大嫂家去坐一会，或走后门到后邻度嫂家去闲谈。她从不和两个嫂子吵一句嘴。

　　每个嫂子一生气，往往十天半个月不歇，天天走进走出，板着脸，咬着嘴，打骂小孩子出气。我母亲只忍耐着，忍到实在不可再忍的一天，她也有她的法子。这一天的天明时，她便不起身，轻轻的哭一场。她不骂一个人，只哭她的丈夫，哭她自己苦命，留不住她丈夫来照管她。她先哭时，声音很低，渐渐哭出声来。我醒了起来劝她，她不肯住。这时候，我总听得见前堂（二嫂住前堂东房）或后堂（大嫂住后堂西房）有一扇房门开了，一个嫂子走出房向厨房走去。不多一会，那位嫂子来敲我们的房门了。我开了房门，她走进来，捧着一碗热茶，送到我母亲面前，劝她止哭，请她喝口热茶。我母亲慢慢停住哭声，伸手接了茶碗。那位嫂子站着劝一会，才退出去。没有一句话提到什么人，也没有一个字提到这十天半个月来的气脸，然而各人心里明白，泡茶进来的嫂子总是那十天半个月来闹气的人。奇怪的很，这一哭之后，至少有一两个月的太平清静日子。

我母亲待人最仁慈，最温和，从来没有一句伤人感情的话。但她有时候也很有刚气，不受一点人格上的侮辱。我家五叔是个无正业的浪人，有一天在烟馆里发牢骚，说我母亲家中有事总请某人帮忙，大概总有什么好处给他。这句话传到了我母亲耳朵里，她气的大哭，请了几位本家来，把五叔喊来，她当面质问他，她给了某人什么好处。直到五叔当众认错赔罪，她才罢休。

我在我母亲的教训之下住了九年，受了她的极大极深的影响。我十四岁（其实只有十二岁零两三个月）便离开她了，在这广漠的人海里独自混了二十多年，没有一个人管束过我。如果我学得了一丝一毫的好脾气，如果我学得了一点点待人接物的和气，如果我能宽恕人，体谅人，——我都得感谢我的慈母。

我的母亲

老　舍 (1899—1966)

中国现代小说家、戏剧家。原名舒庆春，字舍予，北京人。曾任中国文联副主席、中国作协副主席。老舍一生著述颇丰，计一千余篇（部），七百余万字。代表作有长篇小说《骆驼祥子》《四世同堂》、中篇小说《我这一辈子》《月牙儿》、话剧剧本《茶馆》《龙须沟》等。《我的母亲》是一篇质朴无华、情真意切的回忆母亲的散文。在文中，老舍细致地描述了母亲的性格，她勤劳、热心、疼爱儿女。母亲给他的是"生命的教育"。

母亲的娘家是在北平德胜门外，土城儿外边，通大钟寺的大路上的一个小村里。村里一共有四五家人家，都姓马。大家都种点不十分肥美的土地，但是与我同辈的兄弟们，也有当兵的，作木匠的，作泥水匠的，和当巡警的。他们虽然是农家，却养不起牛马，人手不够的时候，妇女便也须下地做活。

　　对于姥姥家，我只知道上述的一点。外公外婆是什么样子，我就不知道了，因为他们早已去世。至于更远的族系与家史，就更不晓得了；穷人只能顾眼前的衣食，没有功夫谈论什么过去的光荣；"家谱"这字眼，我在幼年就根本没有听说过。

　　母亲生在农家，所以勤俭诚实，身体也好。这一点事实却极重要，因为假若我没有这样的一位母亲，我以为我恐怕也就要大大的打个折扣了。

　　母亲出嫁大概是很早，因为我的大姐现在已是六十多岁的老太婆，而我的大外甥女还长我一岁啊。我有三个哥哥，四个姐姐，但能长大成人的，只有大姐，二姐，三哥与我。我是"老"儿子。生我的时候，母亲已有四十一岁，大姐二姐已都出了阁。

　　由大姐与二姐所嫁入的家庭来推断，在我生下之前，我的家里，大概还马马虎虎的过得去。那时候订婚讲究门当户对，而大姐丈是作小官的，二姐丈也开过一间酒馆，他们都是相当体面的人。

可是，我，我给家庭带来了不幸：我生下来，母亲晕过去半夜，才睁眼看见她的老儿子——感谢大姐，把我揣在怀里，未致冻死。

兄不到十岁，三姐十二三岁，我才一岁半，全仗母亲独立抚养了。父亲的寡姐跟我们一块儿住，她吸鸦片，她喜摸纸牌，她的脾气极坏。为我们的衣食，母亲要给人家洗衣服，缝补或裁缝衣裳。在我的记忆中，她的手终年是嫩红微肿的。白天，她洗衣服，洗一两大绿瓦盆。她做事永远丝毫也不敷衍，就是屠户们送来的黑如铁的布袜，她也给洗得雪白。晚间，她与三姐抱着一盏油灯，还要缝补衣服，一直到半夜。她终年没有休息，可是在忙碌中她还把院子屋中收拾得清清爽爽。桌椅都是旧的，柜门的铜活久已残缺不全，可是她的手老使破桌面上没有尘土，残破的铜活发着光。院中，父亲遗留下的几盆石榴与夹竹桃，永远会得到应有的浇灌与爱护，年年夏天开许多花。

哥哥似乎没有同我玩耍过。有时候，他去读书；有时候，他去学徒；有时候，他也去卖花生或樱桃之类的小东西。母亲含着泪把他送走，不到两天，又含着泪接他回来。我不明白这都是什么事，而只觉得与他很生疏。与母亲相依如命的是我与三姐。因此，她们做事，我老在后面跟着。她们浇花，我也张罗着取水；她们扫地，我就撮土……从这里，我学得了爱花，爱清洁，守秩序。这些习惯至今还被我保存着。

有客人来，无论手中怎么窘，母亲也要设法弄一点东西去款待。舅父与表哥们往往是自己掏钱买酒肉食，这使她脸上羞得飞红，可是，殷勤的给他们温酒作面，又给她一些喜悦。遇上亲友家中有喜丧事，母亲必把大褂洗得干干净净，亲自去贺吊——份礼也许只是两吊小钱。到如今为我的好客的习性，还未全改，尽管生活是这么清苦，因为自幼儿看惯了的事情是不易改掉的。

姑母时常闹脾气。她单在鸡蛋里找骨头。她是我家中的阎王。直到我入了中学，她才死去，我可是没有看见母亲反抗过。"没受过婆婆的气，还不受大姑子的吗？命当如此！"母亲在非解释一下不足以平服别人的时候，才这样说。是的，命当如此。母亲活到老，穷到老，辛苦到老，全是命当如此。她最会吃亏。给亲友邻居帮忙，她总跑在前面：她会给婴儿洗三——穷朋友们可以因此少花一笔"请姥姥"钱——她会刮痧，她会给孩子们剃头，她会给少妇们绞脸……凡是她能做的，都有求必应。但是，吵嘴打架，永远没有她。她宁吃亏，不逗气。当姑母死去的时候，母亲似乎把一世的委屈都哭了出来，一直哭到坟地。不知道哪里来的一位侄子，声称有继承权，母亲便一声不响，教他搬走那些破桌子烂板凳，而且把姑母养的一只肥肉鸡也送给他。

可是，母亲并不软弱。父亲死在庚子闹"拳"的那一年。联军入城，挨家搜索财物鸡鸭，我们被搜过两次。母亲拉着哥哥与三姐坐在墙根，等着"鬼子"进门，街门是开着的。"鬼子"进门，一刺刀先把老黄狗刺死，而后入室搜索。他们走后，母亲把破衣箱搬起，才发现了我。假若箱子不空，我早就被压死了。皇上跑了，丈夫死了，鬼子来了，满城是血光火焰，可是母亲不怕，她要在刺刀下，饥荒中，保护着儿女。北平有多少变乱啊，有时候兵变了，街市整条的烧起，火团落在我们院中。有时候内战了，城门紧闭，铺店关门，昼夜响着枪炮。这惊恐，这紧张，再加上一家饮食的筹划，儿女安全的顾虑，岂是一个软弱的老寡妇所能受得起的？可是，在这种时候，母亲的心横起来，她不慌不哭，要从无办法中想出办法来。她的泪会往心中落！这点软而硬的性格，也传给了我。我对一切人与事，都取和平的态度，把吃亏当作当然的。但是，在做人上，我有一定的宗旨与基本的法则，什么事都可以将就，而不能超过自己画好的界限。我怕见生人，怕办杂事，怕出头露面；但是到了非我去不可的时候，我便不敢不去，正像我的母亲。从私塾到小学，到中学，我经历过起码有二十位教师吧，其中有给我很大影响的，也有毫无影响的，但是我的真正的教师，把性格传给我的，是我的母亲。母亲并不识字，她给我的是生命的教育。

当我在小学毕了业的时候，亲友一致的愿意我去学手艺，好帮助母亲。我晓得我应当去找饭吃，以减轻母亲的勤劳困苦。可是，我也愿意升学。我偷偷的考入了师范学校——制服，饭食，书籍，宿处，都由学校供给。只有这样，我才敢对母亲说升学的话。入学，要交十元的保证金。这是一笔巨款！母亲作了半个月的难，把这巨款筹到，而后含泪把我送出门去。她不辞劳苦，只要儿子有出息。当我由师范毕业，而被派为小学校校长，母亲与我都一夜不曾合眼。我只说了句："以后，您可以歇一歇了！"她的回答只有一串串的眼泪。我入学之后，三姐结了婚。母亲对儿女是都一样疼爱的，但是假若她也有点偏爱的话，她应当偏爱三姐，因为自父亲死后，家中一切的事情都是母亲和三姐共同撑持的。三姐是母亲的右手。但是母亲知道这右手必须割去，她不能为自己的便利而耽误了女儿的青春。当花轿来到我们的破门外的时候，母亲的手就和冰一样的凉，脸上没有血色——那是阴历四月，天气很暖。大家都怕她晕过去。可是，她挣扎着，咬着嘴唇，手扶着门框，看花轿徐徐的走去。不久，姑母死了。三姐已出嫁，哥哥不在家，我又住学校，家中只剩母亲自己。她还须自早至晚的操作，可是终日没人和她说一句话。

新年到了，正赶上政府倡用阳历，不许过旧年。除夕，我请了两小时的假。由拥挤不堪的街市回到清炉冷灶的家中。母亲笑了。及至听说我还须回校，她愣住了。半天，她才叹出一口气来。到我该走的时候，她递给我一些花生，"去吧，小子！"街上是那么热闹，我却什么也没看见，泪遮迷了我的眼。今天，泪又遮住了我的眼，又想起当日孤独的过那凄惨的除夕的慈母。可是，慈母不会再候盼着我了，她已入了土！

儿女的生命是不依顺着父母所设下的轨道一直前进的，所以老人总免不了伤心。我二十三岁，母亲要我结了婚，我不要。我请来三姐给我说情，老母含泪点了头。我爱母亲，但是我给了她最大的打击。时代使我成为逆子。二十七岁，我上了英国。为了自己，我给六十多岁的老母以第二次打击。在她七十大寿的那一天，我还远在异域。那天，据姐姐们后来告诉我，老太太只喝了两口酒，很早的便睡下。她想念她的幼子，而不便说出来。

"七七"抗战后，我由济南逃出来。北平又像庚子那年似的被鬼子占据了。可是母亲日夜惦念的幼子却跑到西南来。母亲怎样想念我，我可以想象得到，可是我不能回去。每逢接到家信，我总不敢马上拆看，我怕，怕，怕，怕有那不祥的消息。人，即使活到八九十岁，有母亲便可以多少还有点孩子气。失了慈母便像花插在瓶子里，虽然还有色有香，却失去了根。有母亲的人，心里是安定的。我怕，怕，怕家信中带来不好的消息，告诉我已是失了根的花草。

去年一年，我在家信中找不到关于母亲的起居情况。我疑虑，害怕。我想象得到，设有不幸，家中念我流亡孤苦，或不忍相告。母亲的生日是在九月，我在八月半写去祝寿的信，算计着会在寿日之前到达。信中嘱咐千万把寿日的详情写来，使我不再疑虑。十二月二十六日，由文化劳军大会上回来，我接到家信。我不敢拆读。就寝前，我拆开信，母亲已去世一年了！

生命是母亲给我的。我之能长大成人，是母亲的血汗灌养的。我之能成为一个不十分坏的人，是母亲感化的。我的性格，习惯，是母亲传给的。她一世未曾享过一天福，临死还吃的是粗粮。唉！还说什么呢？心痛！心痛！

小偷、车夫和老头

萧　红（1911—1942）

中国近现代女作家。原名张迺莹，黑龙江省呼兰县人。被誉为"20 世纪 30 年代文学洛神"。命运多舛，半生漂泊，一生不向命运低头。1935 年发表成名作《生死场》，鲁迅为书作序。1936 年，东渡日本，创作散文《孤独的生活》、长篇组诗《砂粒》等。1940 年抵达香港，发表中篇小说《马伯乐》、长篇小说《呼兰河传》等。1942 年病逝于香港浅水湾，年仅 31 岁。通过本文，作者实际上是在为那些深深打动了"我"的旧中国底层劳苦大众讴歌，因为他们身上保留着人性中的美好与善良的光芒。

木柈车在石路上发着隆隆的重响。出了木柈场，这满车的木柈使老马拉得吃力了！但不能满足我，大木柈堆对于这一车木柈，真像在牛背上拔了一根毛，我好像嫌这柈子太少。

"丢了两块木哩柈！小偷来抢的，没看见？要好好看着，小偷常偷柈子……十块八块木柈也能丢。"

我被车夫提醒了！觉得一块木柈也不该丢，木柈对我才恢复了它的重要性。小偷眼睛发着光又来抢时，车夫在招呼我们：

"来了啊！又来啦！"

郎华招呼一声，那竖着头发的人跑了！

"这些东西顶没有脸，拉两块就得啦吧！贪多不厌，把这一车都送给你好不好？……"打着鞭子的车夫，反复地在说那个小偷的坏话，说他贪多不厌。

在院心把木柈一块块推下车来，那还没有推完，车夫就不再动手了！把车钱给了他，他才说："先生，这两块给我吧！拉家去好烘火，孩子小，屋子又冷。"

"好吧！你拉走吧！"我看一看那是五块顶大的他留在车上。

这时候他又弯下腰，去弄一些碎的，把一些木皮扬上车去，而后拉起马来走了。但他对他自己并没说贪多不厌，别的坏话也没说，跑出大门道去了。

只要有木桦车进院，铁门栏外就有人向院里看着问："桦子拉（锯）不拉？"

那些人带着锯，有两个老头也扒着门扇。

这些桦子就讲妥归两个老头来锯，老头有了工作在眼前，才对那个伙伴说："吃点么？"

我去买给他们面包吃。

桦子拉完又送到桦子房去。整个下午我不能安定下来，好像我从未见过木桦，木桦给我这样的大欢喜，使我坐也坐不定，一会跑出去看看。最后老头子把院子扫得干干净净的了！

这时候，我给他工钱。

我先用碎木皮来烘着火。夜晚在三月里也是冷一点，玻璃窗上挂着蒸气。没有点灯，炉火颗颗星星地发着爆炸，炉门打开着，火光照红我的脸，我感到例外的安宁。

我又到窗外去拾木皮，我吃惊了！老头子的斧子和锯都背好在肩上，另一个背着架桦子的木架，可是他们还没有走。这许多的时候，为什么不走呢？

"太太，多给了钱啦？"

"怎么多给的！不多，七角五分不是吗？"

"太太，吃面包钱没有扣去！"那几角工钱，老头子并没放入衣袋，仍呈在他的手上，他借着离得很远的门灯在考察钱数。

我说:"吃面包不要钱,拿着走吧!"

"谢谢,太太。"感恩似的,他们转过身走去了,觉得吃面包是我的恩情。

我愧得立刻心上烧起来,望着那两个背影停了好久,羞恨的眼泪就要流出来。已经是祖父的年纪了,吃块面包还要感恩吗?

想采蜜就不要招惹蜂巢

戴尔·卡耐基（1888—1955）

被誉为20世纪最伟大的心灵导师和成功学大师，美国现代成人教育之父。卡耐基用大量普通人不断努力取得成功的故事，通过演讲和著书唤起无数迷惘者的斗志，激励他们取得辉煌的成功。卡耐基在实践的基础上撰写而成的著作，是20世纪最畅销的成功励志经典。卡耐基主要代表作有:《人性的弱点》《人性的优点》《美好的人生》《快乐的人生》《演讲与口才》《伟大的人物》和《人性的光辉》。本文告诉我们尽量去了解别人，而不要用责骂的方式；尽量设身处地地想一想别人为什么要这样做。这比批评责怪要有益、有趣得多，而且让人心生同情、忍耐和仁慈。

连锁百货公司的创始人约翰·瓦纳梅克曾承认:"30 年前我就知道,指责别人是愚蠢的举动。我已经有够多麻烦事了,没必要再去为上天是否公平分配而烦恼。"

瓦纳梅克很早就懂得了这个道理,而我在故步自封的世界里寻觅了几十年,才终于领悟到:99% 的人,无论做错什么事情,都不会批评自己。批评只是徒劳,因为它往往使受批评者处于自我辩白的状态,他会竭力证明自己所为的正确性。批评是危险的行为,因为它伤害他人弥足珍贵的自重和骄傲,并引发怨恨。

世界著名心理学家 B.F. 斯金纳通过实验证明:得到奖励的动物比受到惩罚的动物学习更快,学习效果也更加显著。后来研究表明,这个规律同样适用于人类。指责和批评,不能让人做出持久的改变,反而会招来怨恨。

另一位伟大的心理学家汉斯·塞利也曾说过:"我们有多么渴望赞许,我们就有多么讨厌谴责。"

批评引发的怨恨会使员工、家人和朋友士气低落,而且,无利于扭转糟糕的局面。

俄克拉荷马州伊尼德市的乔治·约翰斯顿是一家工程公司的安全协调员,他的职责之一是确保员工在工地上戴上安全帽。每当他遇到没戴安全帽的工人时,都会搬出相关权威的规定,勒令他们必须遵守。员工虽然闷闷不乐地接受了,但等他一走，就会立即把帽子摘掉。

于是约翰斯顿决定换一种方式。当他下次发现一些工人没戴安全帽时，就设身处地地询问帽子是不舒服还是不合适。然后，他用愉快的语气提醒那些人，安全帽是为了保护他们免受伤害，建议他们戴上帽子以保障自己的安全。这样一来，员工的抵触情绪大大降低，违规的现象也显著减少。

穿越历史的长河，你不难发现，批评无济于事的例子比比皆是。例如，西奥多·罗斯福和塔夫特总统有过一次著名的争吵。其结果导致共和党内部分裂，伍德罗·威尔逊趁机入住白宫，给第一次世界大战带来极大冲击，改变了历史的进程。让我们快速回顾一下这段历史。当西奥多·罗斯福于 1908 年离开白宫时，他支持塔夫特竞选总统。随后，西奥多·罗斯福去了非洲狩猎狮子。当他回来时，却发现塔夫特行事保守，他甚是恼火。他公开谴责塔夫特，并且组建了"进步党"，角逐第三任总统职位。这无异于瓦解共和党，在接下来的竞选中，塔夫特和共和党仅赢得了佛蒙特州和犹他州的选票。这是共和党有史以来最惨痛的失败。

西奥多·罗斯福指责塔夫特，塔夫特会买账吗？当然不会，塔夫特含着泪水辩解道："我不明白，我哪些地方做得不对。"

再说说举国震惊的茶壶敦石油丑闻。在国人的记忆中，此前从没发生过如此丑恶之事。报纸在整个20世纪20年代前期把这件事炒得沸沸扬扬，至今令人记忆犹新。事情的来龙去脉是这样的：阿尔伯特·福尔时任哈丁总统（美国第二十九任总统）的内阁部长，被委派处理政府在埃尔克山和茶壶敦两地的石油储备租赁事宜，这些石油储备是专为海军预留的。那么，这位内阁部长有没有进行公开招标呢？没有。他直接将这份肥差转交给他的好友爱德华·多希尼。多希尼怎么做？他给福尔献上一笔10万美元的巨款。然后，福尔专横地命令海军陆战队开进油田，暴力驱赶附近的开采商。在枪炮和刺刀的威逼下，这些竞争者只好逃离。穷途末路的他们，一气之下冲进法院，将茶壶敦贿赂案揭发于众。这一丑陋交易令民众哗然，福尔锒铛入狱，哈丁政府和共和党的公信力也因此一落千丈。

福尔因此受到了排山倒海般的谴责。他对此悔悟了吗？完全没有！多年后，赫伯特·胡佛在一次公开演讲中暗示哈丁总统被朋友背叛，才会郁郁寡欢，含恨离世。当福尔夫人听到这个消息时，气得从椅子上跳起来，挥着拳头尖叫："什么！福尔背叛哈丁？胡说八道！我的丈夫从未背叛过任何人。哪怕有一屋子黄金放在他面前，他都不为所动。他才是被他人出卖、被迫害、被钉在十字架上的受害者。"

你瞧瞧，这就是人性。做错事的人，从来不会自责。我们人人如此。因此，当我们要批评某人时，先想想阿尔·卡彭和阿尔伯特·福尔。让我们意识到批评就像归巢鸽一样，最终会回到原地。所以，当我们要纠正、批评别人，别人同样会辩护，会反过来批评我们。正如温和的塔夫特所说："我不明白，我哪些地方做得不对。"

林肯内阁中的陆军部长斯坦顿评论总统是"世上迄今为止最为杰出的人类领袖"。

那么，林肯成功与人打交道的秘诀是什么？我耗时十年研究了亚伯拉罕·林肯的一生，再耗时三年致力笔耕，完成了《林肯传》一书。我相信我已经对林肯的个性和家庭生活进行了详尽的研究。我也特别研究了林肯与人打交道的方法。他总是爱批评人吗？噢，是的。林肯年轻时在印第安纳州的鸽子溪谷生活，那时的他不单是批评人，还写信、作诗嘲讽人。为了引人注意，他把这些信故意丢在容易被人发现的路上。然而其中一封信招致了仇恨，让对方终生难以释怀。

即使在林肯成为伊利诺伊州斯普林菲尔德的执业律师之后，他还投书报刊公然抨击他的对手。不过，他只是偶尔为之。

1842年秋，林肯通过《斯普林菲尔德日报》发表的一封匿名信件将一个名为詹姆斯·希尔兹的好斗政客嘲讽了一番。整个城市都因为这篇文章笑得人仰马翻。敏感而虚荣的希尔兹勃然大怒。他查出信的始作俑者后便立即跳上马,直奔林肯而去,他要和林肯决斗。林肯不想打架,他反对决斗,但也只有这样才能挽回名誉。希尔兹让林肯自己挑选决斗的武器。考虑到手臂修长的优势,林肯选择了一把骑兵大刀,并向一名西点军校的毕业生讨教刀术。约定决斗的那一天,林肯和希尔兹两人来到密西西比河岸的一处沙地,准备一决生死。庆幸的是,决斗即将开始的前一分钟,他们各自的后援将两人分开,从而终止了决斗。

这是林肯一生中最不光彩的一页,恰恰也给林肯在人际关系方面上了一课。自此,他再也没有写信侮辱别人,也从未再次指责和嘲笑过任何人。

在南北战争期间,林肯轮番更换波托马克军团的首领——麦克莱伦、波普、伯恩赛德、胡克、米德等人,却节节败退。北方的民众都在指责这些将军无能,然而林肯却秉承"不以恶待人,以仁爱相处"的原则,对此始终保持沉默。他最喜欢的一句话是"不去非议他人,他人也就不会非议你"。

当林肯夫人和其他人诅咒南方敌军时,林肯总是说:"不要批评他们,倘若我们是他们,也会做同样的事情。"

然而,如果有一个人有资格抱怨的话,这个人一定是林肯。看到下面这件事之后,你一定会同意我的说法。

1863 年 7 月 1 日,葛底斯堡战役打响了。战事进行到第四天，也就是在 7 月 4 日的夜晚，天空乌云密布，暴风雨肆虐，南部邦联的李将军向南撤退，当李将军和他溃逃的军队到达波托马克时，一条泛滥汹涌的大河横亘在他们面前，部队无法蹚越，紧随其后的是乘胜追来的联军，李将军身处绝境。林肯知道，这是一个千载难逢击溃敌军的好机会。他信心十足地命令米德将军，无须召开军事会议，立即向李的余部进攻。林肯发出电报后，又追派特使专程要米德立即执行命令。

那么，米德将军听从命令了吗？恰恰相反，他在踌躇之下竟违背上级的命令，以各种借口拖延，并电报回复拒绝发起进攻。最后，波托马克河水位下降，李及余部趁机顺利南撤。

林肯怒不可遏。"这究竟是为什么？"林肯向他的儿子罗伯特咆哮道，"老天呀！这究竟是为什么呀？他们就在我们眼皮底下，只要动动手指，他们就会乖乖就擒。然而无论我说什么都指挥不动这支部队。这种情况下，任何人都能轻而易举地把李将军拿下。要是当时我在那儿，我早就亲自上阵了！"

绝望之余，林肯还是决定坐下来写封信给米德。要知道，盛怒下的林肯此时表现得已经相当克制。所以，这封写于 1863 年的信可以说是林肯措辞最为愤慨的表露。

亲爱的将军：

我认为你没有意识到李的部队成功撤逃所带来的严重后果。他本来已经是瓮中之鳖，我们只要伸一伸手就可以将他擒住，加上我们连胜的战绩，战争很快就会结束。可是，事到如今，战事绝对要拖延。上周一在有利的局面下你都没有拿下李将军，现在敌人已过了河，你又怎么可能战胜他们呢？何况你的兵力已经不及原有的三分之一。对此抱任何希望都是荒谬的，我已经对你的能力丧失信任。天赐良机被你白白错过。基于这一点，我沮丧至极。

你觉得米德在读这封信时会做何感想？

事实上，米德从未见过这封信。林肯从未邮寄过它。在林肯去世后，人们在他的遗稿中发现了这封信。

我的猜测是，林肯在写完这封信后，望着窗外对自己说："等一下。也许我不应该那么草率。我坐在静谧的白宫里对米德发号施令当然很容易，但如果我在葛底斯堡，目睹家破人亡和血流成河，耳边呼啸着伤者的呻吟和尖叫，也许我也不会那么急于出兵。如果我有米德一样内敛的个性，也许我也会同他一般踌躇。无论如何，事已至此。如果我发出这封信，这固然发泄了自己的情绪，但米德一定会试图为自己辩护，甚至招致他反过来指责我。这样做只能引起不快，对将来他作为军中统帅发挥更大作用毫无意义，甚至会导致他辞职隐退。"

因此，如我此前所言，林肯把这封信搁置一边，因为惨痛的经历使得林肯明白：任何刻薄的指责和批评都毫无意义。

西奥多·罗斯福说，当他作为总统遇到一个令人困惑的问题时，他总是向后仰望着一幅悬挂在白宫桌子上方的林肯巨幅画像，并问自己："如果林肯的处境和我类似，他会怎么解决这个问题呢？"

以后，每当我们想要劝告某人时，让我们从口袋里掏出5美元的钞票，看着上面的林肯肖像，然后问自己："如果林肯遇到这个问题，他会如何解决这个问题？"

马克·吐温也经常发脾气，那会儿，他只要写信便会满纸火药味。有一次，他曾给一个引起他愤怒的男人写信："你去死吧！你只要开口，我立刻送你上西天。"还有一次，他致信一位编辑，状告校稿人："校对竟胆敢帮我修改拼写和标点符号。我命令你，以后出现此类情况，必须一字不漏地按我原稿发表，让校稿人的建议留在他自己糊涂的脑浆里吧。"

马克·吐温写了如此刻薄的信，发泄之后，心情自然会好一些。事实上，这些信件并没有给对方带去任何伤害，因为马克的妻子暗中将它们从邮件中取出，并没有寄出去。

您曾想过要劝诫您熟悉的人改掉一些坏毛病吗？这个想法不错，我很赞同，但为什么不从自我做起？较之改变他人，改变自己的获益会更多。是的，而且其中的风险更少。俗话说得好：各人自扫门前雪，莫管他人瓦上霜。

我年轻的时候总是竭力想在公众中引起轰动效应。我曾经贸然给美国文坛的泰斗理查德·哈丁·戴维斯写了封愚不可及的信。当时我正在给杂志写一篇介绍作家的文章，希望戴维斯能够告诉我他的写作方式。此前，我收到了一封别人的信，其脚注处是这样写的："根据口述整理，未经本人审阅。"我为这句话深深折服，觉得此人一定是个大人物，忙到没空写亲笔信。那时，我并不忙碌，有的是时间，但我却急于给戴维斯留下深刻印象。于是，在信的末尾，我也这样自命不凡地写道："根据口述整理，未经本人审阅。"

戴维斯根本就不愿意认真作答。他只是把我的信原封不动地寄了回来，最下方潦草地写了一句："你的鲁莽超出了你的无礼。"是的，我确实搞砸了，理应自食其果，然而人性的弱点令我恼羞成怒。直到十年后，当我听说理查德·哈丁·戴维斯的死讯时，这种情绪依旧萦绕心头。尽管我羞于承认这一点。

即便批评合情合理，你我一样可能会记恨终身——不管我们信还是不信，这都是事实。

在与人交往时，我们一定要明白——人并非理性生物。他们由情感驱使，被偏见支配，傲慢与虚荣是他们的动力之源。来自他人尖刻的批评，让敏感的英国著名小说家托马斯·哈代放弃了小说创作，给英国文学带来了巨大损失；也让英国诗人托马斯·查特顿饮恨自尽。

本杰明·富兰克林年轻时笨手笨脚，年长后却能处事老练，擅长交际，因此被任命为美国驻法国大使。他的成功秘诀是什么呢？他说："我不愿意说他人的不是，对每一个人，我只谈论我所知悉的所有优点。

只有傻瓜才批评、谴责和抱怨别人，而且大多数傻瓜的确是这样做的；而具有人格魅力和自制力的人往往理解、宽恕他人。

卡莱尔曾说："大人物通过善待小人物而突显其伟大。"

鲍勃·胡佛是位著名试飞员，经常出现在航空展上。《飞行操作》杂志有过这样一则报道：当胡佛驾机从圣地亚哥航空展返航洛杉矶时，不料在三百英尺的高空，两个发动机同时停止运转。胡佛急中生智，凭借高超的技巧最终使飞机安全降落，舱内机组人员毫发无损，但他驾驶的飞机却因这起事故而彻底报废。

紧急降落之后，胡佛立即检查了燃油。如其所料，他一直都在驾驶的这种"二战"时的螺旋桨飞机，此次使用的却是喷气式飞机机油，而非汽油。

返回机场，他找到为这架飞机加油的工人。这位年轻人正为自己犯下的错误痛苦不堪。看到胡佛向他走来，他泪流满面，因为他的疏忽不仅毁坏了一架昂贵的飞机，并且还可能夺去三条人命。

我们会自然地认为：一向爱惜荣誉、做事严谨的胡佛肯定会对那位粗心大意加油工大发雷霆。但胡佛并没有责骂加油工，甚至连批评都没有。相反他张开宽厚的双臂，给加油工一个大大的拥抱。他说："我相信，你以后不会再犯类似的错误。为了证明这一点，从明天起你来为我的 F-51 飞机服务吧。"

往往，父母都会批评他们的子女。你认为我会说："别这么做。"但我只想提一个小小的建议：在你批评他们之前，敬请阅读美国经典美文之作《爸爸忘记了》。该文最先出现在《大众家庭》的卷首。经作者许可，我摘抄《读者文摘》上发表的一段。

《爸爸忘记了》感情真挚，击中了许多读者的心弦，深受大众喜爱。作者 W. 利文斯顿·拉尼德说："自问世以来，它便被美国成百上千家杂志、家庭组织、报纸竞相转载，甚至被翻译为多国语言。我本人已经授权，它可以使用在学校、教堂和演讲厅，它无数次出现在广播电视节目中，连大学期刊和中学刊物也转载过。有时候，一篇神奇的小文章，竟可以出人意料地走红。《爸爸忘记了》就是其中的一例。"

爸爸忘记了

W.利文斯顿·拉尼德

听着，儿子。当你睡着的时候，我正在和你说话，你的小手枕在脸下，黏糊糊的金色卷发搭在了湿润的前额。我一个人偷偷溜进了你的房间。就在几分钟前，我坐在书房看报，一股愧疚之情涌上心头。所以，我来到了你的床边。爸爸很内疚。

儿子，我想了许久，我对你确实太简单粗暴了。当你换衣服准备上学时，仅仅用毛巾胡乱地在脸上一抹，我就立刻责骂了你；你鞋子没有擦干净，我就立刻呵斥你去洗鞋子；你把东西掉在地板上，我也同样立刻训责你。

早餐的时候，我也在找你的茬。你把食物撒得到处都是，你狼吞虎咽，不懂吃饭礼仪，把胳膊肘放在餐桌上，你在面包里涂抹太多的牛油。而当你准备去玩耍的时候，我正要赶火车。你对我转身挥手说："爸爸，再见！"可我却皱着眉头说："挺胸抬头！"

下午又是如此。回家途中，我在大街上发现你正跪在地上玩小石子儿，长裤破了好几个洞。我强行把你拽回家，当着你小伙伴的面羞辱你，一路追着把你撵回家。"裤子很贵的。如果你还想买新的，就要更加地爱惜！"儿子呀，想想看，这就是一个当父亲的说的话！

你还记得吗，这之后不久，当我在书房看书的时候，你怯怯地走了进来，满眼委屈地向我张望。我移开报纸，极不耐烦地抬起头，劈头盖脸就来那么一句："你要干吗？"你站在门口，迟疑不前。

你一言不发，径直向我跑来，搂住我的脖子亲我。我感觉到你那双紧紧相箍的小手所表现出的爱的力量，那是上苍在你幼小的心灵撒下的盛放鲜花，即使不被珍视也不曾枯萎凋零。之后，你快步跑开，"吧嗒""吧嗒"上楼去了。

儿子啊，当你离开不久，报纸从我手中滑落。一种难以言喻的、强烈的愧疚感向我全身袭来。我怎么会让自己渐渐形成了这样一个坏习惯——我总是无端挑剔、动不动就训你。无法想象我竟然把这些恶习用在你——一个小孩子——的身上。孩子，我不是不爱你，而是对你要求太高。我一直在用自己这个年龄的标准来衡量你。

你幼小的心灵，充满真、善、美。你天真无邪地跑过来，亲吻我，拥抱我，和我道晚安，你像晨曦，照亮整座阴郁的大山。孩子，在我看来，这是今晚最为意义重大的一件事。黑暗中，我正跪坐在你的床边，羞愧难当！

这不过是无用的忏悔。我知道，即使当你醒来我告诉你刚才的一切，你也不会懂得这些话的含义。但从明天起，我要做一名合格的父亲！我要成为你最好的朋友，与你一起分担痛苦，与你一起分享欢笑，对你不再说那些没有耐心的话。我会一直提醒自己："他还只是个孩子，一个小孩子。"

我实在是不应该把你看成大人。孩子，这是我这会儿所看到的你：我的儿子，你困倦地蜷伏在婴儿床里，此刻我才真真切切地意识到，你还那么小。仿佛就在昨天，你还依偎在妈妈的臂弯里，头靠在她的肩膀上。我对你要求得太多了，太多了……

让我们努力去理解他人，而不是批评别人！让我们尽量去想想他人行事的缘由。这比批评的收益更多，更耐人寻味。

理解会催生同情、宽容与善意。"宽容一切，就是理解一切。"

正如约翰逊博士所说的那样："上帝，即使上帝，不到末日也不会轻易评判世界。"

那么，你又何必去武断地批评别人呢？

（文轩 译）

第三章　善于赞美

在所有的口才技巧中，最受欢迎的莫过于赞美。人人都喜欢被赞美，无论是大人还是孩子，被他人夸奖和赞美总能令人愉悦、信心倍增，这就是赞美的力量。如果在人际交往中，懂得这一点，懂得赞美，善于赞美，那么你将成为一个有同情心、有理解力、有吸引力的人。

苏州烟雨记

郁达夫（1896—1945）

中国现代小说家、散文家。浙江富阳人，创造社主要成员之一。抗日战争时，在香港、南洋群岛一带从事抗日宣传活动。1945 年 9 月被日本宪兵杀害。主要作品有《沉沦》《故都的秋》《春风沉醉的晚上》《她是一个弱女子》等。《苏州烟雨记》是郁达夫的一篇散文，文辞优美，读来富有一种独特的韵律。

一

悠悠的碧落，一天一天地高远起来。清凉的早晚，觉得天寒袖薄，要缝件夹衣，更换单衫。楼头思妇，见了鹅黄的柳色，牵情望远，在绸衾的梦里，每欲奔赴玉门关外去。当这时候，我们若走出户外天空下去，老觉得好像有一件什么重大的物事，被我们忘了似的。可不是么？三伏的暑热，被我们忘掉了哟！

在都市的沉浊的空气中栖息的裸虫！在利欲的争场上吸血的战士！年年岁岁，不知四季的变迁，同鼹鼠似的埋伏在软红尘里的男男女女！你们想发现你们的灵性不想？你们有没有向上更新的念头？你们若欲上空旷的地方，去呼一口自由的空气，一则可以醒醒你们醉生梦死的头脑，二则可以看看那些就快凋谢的青枝绿叶，预藏一个来春再见之机，那么请你们跟了我来，Und ich, ich Schnuere Den Sack and wandere，我要去寻访伍子胥吹箫吃食之乡，展拜秦始皇求剑凿穿之墓，并想看看那有名的姑苏台苑哩！

"象以齿毙，膏用明煎"，为人切不可有所专好，因为一有了嗜癖，就不得不为所累。我闲居沪上，半年来既无职业，也无忙事，本来只须有几个买路钱，便是天南地北，也可以悠然独往的，然而实际上却是不然。因为自去年同几个同趣味的朋友，弄了几种我们所爱的文艺刊物出来之后，愚蠢的我们，就不得不天天服海儿克儿斯（Hercules）的苦役了，所以九月三日的早晨，决定和友人沈君，乘车上苏州去的时候，我还因有一篇文字没有交出之故，心里只在怦怦地跳动。

那一天（九月三日）也算是一天清秋的好天气。天上虽没有太阳，然而几块淡青的空处，和西洋女子的碧眼一般，在白云浮荡的中间，常在向我们地上的可怜虫密送秋波。不是雨天，不是晴日，若硬要把这一天的天气分出类来，我不管气象台的先生们笑我不笑我，姑且把它叫风云飞舞，阴晴交让的初秋的一日吧。

　　这一天的早晨，同乡的沈君，跑上我的寓所来说："今天我要上苏州去。"

　　我从我的屋顶下的房里，看看窗外的天空，听听市上的杂噪，忽而也起了一种怀慕远处之情（Sehusucht nach der Ferne）。九点四十分的时候，我和沈君就摇来摇去的站在三等车中，被机关车搬向苏州去了。

　　"仙侣同舟！"古人每当行旅的时候，老在心中窃望着这一种艳福。我想人既是动物，无论男女，欲念总不能除，而我既是男人，女人当然是爱的。这一回我和沈君匆促上车，初不料的车上的人是那样拥挤的，后来从后面走上了前面，忽在人丛中听出了一种清脆的笑声来。"明眸皓齿的你们这几位女青年，你们可是上苏州去的么？"我见了她们的那一种活泼的样子，真想开口问她们一声，但是三千年的道德观，和见人就生恐惧的我的自卑狂，只使我红了脸，默默地站在她们身边，不过暗暗地闻吸闻吸从她们发上身上口中蒸发出来的香气罢了。我把她们偷看了几眼，心里又长叹了一声："啊啊！容颜要美，年纪要轻，更要有钱！"

二

我们同车的几个"仙侣"，好像是什么女学校的学生。她们的活泼的样子——使恶魔讲起来就是轻佻——丰肥的肉体——使恶魔讲起来就是多淫——和烂熟的青春，都是神仙应有的条件，但是只有一件，只有一件事情，使我无论如何也不能把她们当作神仙的眷属看。非但如此，为这一件事情的原故，我简直不能把她们当作我的同胞看。这是什么呢，这便是她们故意想出风头而用的英文的谈话。假使我是不懂英文的人，那么从她们的绯红的嘴唇里滚出来的叽哩咕噜，正可以当作天女的灵言听了，倒能够对她们更加一层敬意。假使我是崇拜英文的人，那么听了她们的话，也可以感得几分亲热。但是我偏偏是一个程度与她们相仿的半通英文而又轻视英文的人，所以我的对她们的热意，被她们的谈话一吹几乎吹得冰冷了。世界上的人类，抱着功利主义，受利欲的催眠最深的，我想没有过于英美民族的了。但我们的这几位女同胞，不用《西厢》《牡丹亭》上的说白来表现她们的思想，不把《红楼梦》上言文一致的文字来代替她们的说话，偏偏要选了商人用的这一种有金钱臭味的英语来卖弄风情，是多么煞风景的事情啊！你们即使要用外国文，也应选择那神韵悠扬的法国语，或者更适当一点的就该用半清半俗，薄爱民语（La Langue des Bohemiers），何以要用这卑俗英语呢？啊啊，当现在崇拜黄金的世界，也无怪某某女学等卒业出来的学生，不愿为正当的中国人的糟糠之室，而愿意自荐枕席于那些犹太种的英美的下流商人的。我的朋友有一次说，"我们中国亡了，倒没有什么可惜，我们中国的女性亡了，却是很可惜的。现在在洋场上作寓公的有钱有势的中国的人物，尤其是外交商界政界的人物，他们的妻女，差不多没有一个不失身于外国的下流流氓的，你看这事伤心不伤心哩！"我是两性问题上的一个国粹保存主义者，最不忍见我国的娇美的女同胞，被那些外国流氓去作践。我的在外国留学时代的游荡，也是本于这主义的一种复仇的心思。我现在若有黄金千万，还想去买些白奴来，供我们中国的黄包车夫苦力小工享乐啦！

唉唉！风吹水皱，干侬底事，她们在那里贱卖血肉，于我何尤。我且探头出去看车窗外的茂茂的原田，青青的草地，和清溪茅舍，丛林旷地吧！

"啊啊，那一道隐隐的飞帆，这大约是苏州河吧？"

我看了那一条深碧的长河，长河彼岸的连天的短树，和河内的帆船，就叫着问我的同行者沈君，他还没有回答我之先，立在我背后的一位老先生却回答说："是的，那是苏州河，你看隐约的中间，不是有一条长堤看得见么！没有这一条堤，风势很大，是不便行舟的。"

我注目一看，果真在河中看出了一条隐约的长堤来。这时候，在东面车窗下坐着的旅客，都纷纷站起来望向窗外去。我把头朝转来一望，也看见了一个汪洋的湖面，起了无数的清波，在那里汹涌。天上黑云遮满了，所以湖面也只似用淡墨涂成的样子。湖的东岸，也有一排矮树，同凸出的雕刻似的，以阴沉灰黑的天空作了背景，在那里作苦闷之状。我不晓是什么理由，硬想把这一排沿湖的列树，断定是白杨之林。

三

车过了阳澄湖，同车的旅客，大家不向车的左右看而注意到车的前面去，我知道苏州就不远了。等苏州城内的一枝尖塔看得出来的时候，几位女学生，也停住了她们的黄金色的英语，说了几句中国话："苏州到了！"

"可惜我们不能下去！"

"But we will come in the winter."

她们操的并不是柔媚的苏州音，大约是南京的学生罢？

也许是上北京去的，但是我知道了她们不能同我一道下车，心里却起了一种微微的失望。

"女学生诸君，愿你们自重，愿你们能得着几位金龟佳婿，我要下车去了。"

心里这样地讲了几句，我等着车停之后，就顺着了下车的人流，也被他们推来推去地推下了车。

出了车站，马路上站了一忽，我只觉得许多穿长衫的人，路的两旁停着的黄包车，马车，车夫和驴马，都在灰色的空气里混战。跑来跑去的人的叫唤，一个钱两个钱的争执，萧条的道旁的杨柳，黄黄的马路，和在远处看得出来的一道长而且矮的土墙，便是我下车在苏州得着的最初的印象。

湿云低垂下来了。在上海动身时候看得见的几块青淡的天空也被灰色的层云埋没煞了。我仰起头来向天空一望，脸上早接受了两三点冰冷的雨点。

"危险危险，今天的一场冒险，怕要失败。"

我对在旁边站着的沈君这样讲了一句，就急忙招了几个马车夫来问他们的价钱。

我的脚踏苏州的土地，这原是第一次。沈君虽已来过一二回，但是那还是前清太平时节的故事，他的记忆也很模糊了。并且我这一回来，本来是随人热闹，偶尔发作的一种变态旅行，既无作用，又无目的的，所以马夫问我"上哪里去？"的时候，我想了半天，只回答了一句"到苏州去！"究竟沈君是深于世故的人，看了我的不知所措的样子，就不慌不忙地问马车夫说："到府门去多少钱？"

好像是老熟的样子。马车夫倒也很公平，第一声只要了三块大洋。我们说太贵，他们就马上让了一块，我们又说太贵，他们又让了五角。我们又试了试说太贵，他们却不让了，所以就在一乘开口马车里坐了进去。

起初看不见的微雨，愈下愈大了，我和沈君坐在马车里，尽在野外的一条马路上横斜地前进。青色的草原，疏淡的树林，蜿蜒的城墙，浅浅的城河，变成这样，变成那样地在我们面前交换。醒人的凉风，休休地吹上我的微热的面上，和嗒嗒的马蹄声，在那里合奏交响乐。我一时忘记了秋雨，忘记了在上海剩下的未了的工作，并且忘记了半年来失业困穷的我，心里只想在马车上作独脚的跳舞，嘴里就不知不觉地念出了几句独脚跳舞歌来：

秋在何处，秋在何处？
在蟋蟀的床边，在怨妇楼头的砧杵，
你若要寻秋，你只须去落寞的荒郊行旅，
刺骨的凉风，吹消残暑，
漫漫的田野，刚结成禾黍，

一番雨过，野路牛迹里贮着些儿浅渚，

　　悠悠的碧落，反映在这浅渚里容与，

　　月光下，树林里，萧萧落叶的声音，便是秋的

私语。

　　我把这几句词不像词，新诗不像新诗的东西唱了一回，又向四边看了一回，只见左右都是荒郊，前面只是一条没有尽头的长路，所以心里就害怕起来，怕马夫要把我们两个人搬到杳无人迹的地方去杀害。探头出去，大声地喝了一声："喂！你把我们拖上什么地方去？"

　　那狡猾的马夫，突然吃了一惊，噗地从那坐凳上跌下来，他的马一时也惊跳了一阵，幸而他虽跌倒在地下，他的马缰绳，还牢捏着不放，所以马没有跳跑。他一边爬起来，一边对我们说："先生！老实说，府门是送不到的，我只能送你们上洋关过去的密度桥上。从密度桥到府门，只有几步路。"

　　他说的是没有丈夫气的苏州话，我被他这几句柔软的话声一说，心已早放下了，并且看看他那五十来岁的面貌，也不像杀人犯的样子，所以点了一点头，就由他去了。

　　马车到了密度（？）桥，我们就在微雨里走了下来，上沈君的友人寄寓在那里的荮门内的严衙前去。

四

　　进了封建时代的古城，经过了几条狭小的街巷，更越过了许多环桥，才寻到了沈君的友人施君的寓所。进了葑门以后，在那些清冷的街上，所得着的印象，我怎么也形容不出来，上海的市场，若说是二十世纪的市场，那么这苏州的一隅，只可以说是十八世纪的古都了。上海的杂乱的情形，若说是一个 Busy Port，那么苏州只可以说是一个 Sleepy Town了。总之阊门外的繁华，我未曾见到，专就我于这葑门里一隅的状况看来，我觉得苏州城，竟还是一个浪漫的古都，街上的石块，和人家的建筑，处处的环桥河水和狭小的街衢，没有一件不在那里夸示过去的中国民族的悠悠的态度。这一种美，若硬要用近代语来表现的时候，我想没有比"颓废美"的三字更适当的了。况且那时候天上又飞满了灰黑的湿云，秋雨又在微微地落下。

　　施君幸而还没有出去，我们一到他住的地方，他就迎了出来。沈君为我们介绍的时候，施君就慢慢地说："原来就是郁君么？难得难得，你做的那篇……，我已经拜读了，失意人谁能不同声一哭！"

　　原来施君是我们的同乡，我被他说得有些羞愧了，想把话头转一个方向，所以就问他说："施君，你没有事么？我们一同去吃饭吧。"

实际上我那时候，肚里也觉得非常饥饿了。

严衙前附近，都是钟鸣鼎食之家，所以找不出一家菜馆来。没有方法，我们只好进一家名锦帆榭的茶馆，托茶博士去为我们弄些酒菜来吃。因为那时候微雨未止，我们的肚里却响得厉害，想想饿着肚在微雨里奔跑，也不值得，所以就进了那家茶馆——一则也因为这家茶馆的名字不俗——打算坐它一二个钟头，再作第二步计划。

古语说得好，"有志者事竟成！"我们在锦帆榭的清淡的中厅桌上，喝喝酒，说说闲话，一天微雨，竟被我们的意志力，催阻住了。

初到一个名胜的地方，谁也同小孩子一样，不愿意悠悠地坐着的，我一见雨止，就促施君沈君，一同出了茶馆，打算上各处去逛去。从清冷修整狭小的卧龙街一直跑将下去，拐了一个弯，又走了几步，觉得街上的人和两旁的店，渐渐儿地多起来，繁盛起来，苏州城里最多的卖古书、旧货的店铺，一家一家的少了下去，卖近代的商品的店家，逐渐惹起我的注意来了。施君说："玄妙观就要到了，这就是观前街。"

到了玄妙观内，把四面的情形一看，我觉得玄妙观今日的繁华，与我空想中的境状大异。讲热闹赶不上上海午前的小菜场，讲怪异远不及上海城内的城隍庙，走尽了玄妙观的前后，在我脑里深深印入的印象，只有二个，一个是三五个女青年在观前街的一家箫琴铺里买箫，我站到她们身边去对她们呆看了许久，她们也回了我几眼。一个是玄妙观门口的一家书馆里，有一位很年轻的学生在那里买我和我朋友共编的杂志。除这两个深刻的印象外，我只觉得玄妙观里的许多茶馆，是苏州人的风雅的趣味的表现。

早晨一早起来，就跑上茶馆去。在那里有天天遇见的熟脸。对于这些熟脸，有妻子的人，觉得比妻子还亲而不狎，没有妻子的人，当然可把茶馆当作家庭，把这些同类当作兄弟了。大热的时候，坐在茶馆里，身上发出来的一阵阵的汗水，可以以口中咽下去的一口口的茶去填补。茶馆内虽则不通空气，但也没有火热的太阳，并且张三李四的家庭内幕和东洋中国的国际闲谈，都可以消去逼人的盛暑。天冷的时候，坐在茶馆里，第一个好处，就是现成的热茶。除茶喝多了，小便的时候要起冷噤之外，吞下几碗刚滚的热茶到肚里，一时却能消渴消寒。贫苦一点的人，更可以借此熬饥。若茶馆主人开通一点，请几位奇形怪状的说书者来说书，风雅的茶客的兴趣，当然更要增加。有几家茶馆里有几个茶客，听说从十几岁的时候坐起，坐到五六十岁死时候止，坐的老是同一个座位，天天上茶馆来一分也不迟，一分也不早，老是在同一个时间。非但如此，有几个人，他自家死的时候，还要把这一个座位写在遗嘱里，要他的儿子天天去坐他那一个遗座。近来百货店的组织法应用到茶业上，茶馆的前头，除香气烹人的"火烧""锅贴""包子""烤山芋"之外，并且有酒有菜，足可使茶馆一天不出外而不感得什么缺憾。像上海的青莲阁，非但饮食俱全，并且人肉也在贱卖，中国的这样文明的茶馆，我想该是二十世纪的世界之光了。所以盲目的外国人，你们若要来调查中国的事情，你们只须上茶馆去调查就是，你们要想来管理中国，也须先去征得各茶馆里的茶客的同意，因为中国的国会所代表的，是中国人的劣根性无耻与贪婪，这些茶客所代表的倒是真真的民意哩！

五

出了玄妙观，我们又走了许多路，去逛遂园。遂园在苏州，同我在上海一样，有许多人还不晓得它的存在。从很狭很小的一个坍败的门口，曲曲折折走尽了几条小弄，我们才到了遂园的中心。苏州的建筑，以我这半日的经验讲来，进门的地方，都是狭窄芜废，走过几条曲巷，才有轩敞华丽的屋宇。我不知这一种方式，还是法国大革命前的民家一样，为避税而想出来的呢？还是为唤醒观者的观听起见，有修辞学上的欲扬先抑的笔法，使能得着一个对称的效力而想出来的？

遂园是一个中国式的庭园，有假山有池水有亭阁，有小桥也有几枝树木。不过各处的坍败的形迹和水上开残的荷花荷叶，同暗淡的天气合作一起，使我感到了一种秋意，使我看出了中国的将来和我自家的凋零的结果。啊！遂园呀遂园，我爱你这一种颓唐的情调！

在荷花池上的一个亭子里，喝了一碗茶，走出来的时候，我们在正厅上却遇着了许多穿轻绸绣缎的绅士淑女，静静地坐在那里喝茶咬瓜子，等说书者的到来。我在前面说过的中国人的悠悠的态度，和中国的亡国的悲壮美，在此地也能看得出来。啊啊，可怜我为人在客，否则我也挨到那些皮肤嫩白的太太小姐们的边上去静坐了。

出了遂园，我们因为时间不早，就劝施君回寓。我与沈君在狭长的街上飘流了一会，就决定到虎丘去。

又是一年芳草绿

老 舍

本文看题目是充满生机与活力的，但却以"悲观"经纬全篇，所有的内容都围绕"悲观"来谈，谈自己的志向，谈事业和自己做人的原则。

悲观有一样好处，它能叫人把事情都看轻了一些。这个可也就是我的坏处，它不起劲，不积极。您看我挺爱笑不是？因为我悲观。悲观，所以我不能板起面孔，大喊："孤——刘备！"我不能这样。一想到这样，我就要把自己笑毛咕了。看着别人吹胡子瞪眼睛，我从脊梁沟上发麻，非笑不可。我笑别人，因为我看不起自己。别人笑我，我觉得应该；说得天好，我不过是脸上平润一点的猴子。我笑别人，往往招人不愿意；不是别人的量小，而是不像我这样稀松，这样悲观。

我打不起精神去积极地干，这是我的大毛病。可是我不懒，凡是我该做的我总想把它做了，总算得点报酬养活自己与家里的人——往好了说，尽我的本分。我的悲观还没到想自杀的程度，不能不找点事做。有朝一日非死不可呢，那只好死喽，我有什么法儿呢？

这样，你瞧，我是无大志的人。我不想当皇上。最乐观的人才敢做皇上，我没这份胆气。

有人说我很幽默，不敢当。我不懂什么是幽默。假如一定问我，我只能说我觉得自己可笑，别人也可笑；我不比别人高，别人也不比我高。谁都有缺欠，谁都有可笑的地方。我跟谁都说得来，可是他得愿意跟我说；他一定说他是圣人，叫我三跪九叩报门而进，我没这个瘾。我不教训别人，也不听别人的教训。幽默，据我这么想，不是嬉皮笑脸，死不要鼻子。

也不是怎股子劲儿，我成了个写家。我的朋友德成粮店的写账先生也是写家，我跟他同等，并且管他叫二哥。既是个写家，当然得写了。"风格即人"——还是"风格即驴"？——我是怎个人自然写怎样的文章了。于是有人管我叫幽默的写家。我不以这为荣，也不以这为辱。我写我的。卖得出去呢，多得个三块五块的，买什么吃不香呢。卖不出去呢，拉倒，我早知道指着写文章吃饭是不易的事。

稿子寄出去，有时候是肉包子打狗，一去不回头；连个回信也没有。这，咱只好幽默；多咱见着那个骗子再说，见着他，大概我们俩总有一个笑着去见阎王的，不过，这是不很多见的，要不怎么我还没想自杀呢。常见的事是这个，稿子登出去，酬金就睡着了，睡得还是挺香甜。直到我也睡着了，它忽然来了，仿佛故意吓人玩。数目也惊人，它能使我觉得自己不过值一毛五一斤，比猪肉还便宜呢。这个咱也不说什么，国难期间，大家都得受点苦，人家开铺子的也不容易，掌柜的吃肉，给咱点汤喝，就得念佛。是的，我是不能当皇上，焚书坑掌柜的，咱没那个狠心，你看这个劲儿！不过，有人想坑他们呢，我也不便拦着。

这么一来，可就有许多人看不起我。连好朋友都说："伙计，你也硬正着点，说你是为人类而写作，说你是中国的高尔基；你太泄气了！"真的，我是泄气，我看高尔基的胡子可笑。他老人家那股子自卖自夸的劲儿，打死我也学不来。人类要等着我写文章才变体面了，那恐怕太晚了吧？我老觉得文学是有用的；拉长了说，它比任何东西都有用，都高明。可是往眼前说，它不如一尊高射炮，或一锅饭有用。我不能吆喝我的作品是"人类改造丸"，我也不相信把文学杀死便天下太平。我写就是了。

别人的批评呢？批评是有益处的。我爱批评，它多少给我点益处；即使完全不对，不是还让我笑一笑吗？自己写的时候仿佛是蒸馒头呢，热气腾腾，莫名其妙。及至冷眼人一看，一定看出许多错儿来。我感谢这种指责。说的不对呢，那是他的错儿，不干我的事。我永不驳辩，这似乎是胆儿小；可是也许是我的宽宏大量。我不便往自己脸上贴金。一件事总得由两面瞧，是不是？

对于我自己的作品，我不拿她们当作宝贝。是呀，当写作的时候，我是卖了力气，我想往好了写。可是一个人的天才与经验是有限的，谁也不敢保了老写的好，连荷马也有打盹的时候。有的人呢，每一拿笔便想到自己是但丁，是莎士比亚。这没有什么不可以的，天才须有自信的心。我可不敢这样，我的悲观使我看轻自己。我常想客观地估量估量自己的才力；这不易做到，我究竟不能像别人看我看得那样清楚；好吧，既不能十分看清楚了自己，也就不用装蒜，谦虚是必要的，可是装蒜也大可以不必。

对做人，我也是这样。我不希望自己是个完人，也不故意地招人家的骂。该求朋友的呢，就求；该给朋友做的呢，就做。做得好不好，咱们大家凭良心。所以我很和气，见着谁都能扯一套。可是，初次见面的人，我可是不大爱说话；

特别是见着女人，我简直张不开口，我怕说错了话。

在家里，我倒不十分怕太太，可是对别的女人老觉着恐慌，我不大明白妇女的心理；要是信口开河地说，我不定说出什么来呢，而妇女又爱挑眼。男人也有许多爱挑眼的，所以初次见面，我不大愿开口。我最喜辩论，因为红着脖子粗着筋的太不幽默。我最不喜欢好吹腾的人，可并不拒绝与这样的人谈话；我不爱这样的人，但喜欢听他的吹。最好是听着他吹，吹着吹着连他自己也忘了吹到什么地方去，那才有趣。

可喜的是有好几位生朋友都这么说："没见着阁下的时候，总以为阁下有八十多岁了。敢情阁下并不老。"是的，虽然将奔四十的人，我倒还不老。因为对事轻淡，我心中不大藏着计划，做事也无须耍手段，所以我能笑，爱笑；天真的笑多少显着年轻一些。我悲观，但是不愿老声老气的悲观，那近乎"虎事"。我愿意老年轻轻的，死的时候像朵春花将残似的那样哀而不伤。我就怕什么"权威"咧，"大家"咧，"大师"咧，等等老气横秋的字眼们。

我爱小孩，花草，小猫，小狗，小鱼；这些都不"虎事"。偶尔看见个穿小马褂的"小大人"，我能难受半天，特别是那种所谓聪明的孩子，让我难过。比如说，一群小孩都在那儿看变戏法儿，我也在那儿，单会有那么一两个七八岁的小老头说："这都是假的！"这叫我立刻走开，心里堵上一大块。世界确是更"文明"了，小孩也懂事懂得早了，可是我还愿意大家傻一点，特别是小孩。假若小猫刚生下来就会捕鼠，我就不再养猫，虽然它也许是个神猫。

我不大爱说自己，这多少近乎"吹"。人是不容易看清楚自己的。不过，刚过完了年，心中还慌着，叫我写"人生于世"，实在写不出，所以就近的拿自己当材料。万一将来我不得已而做了皇上呢，这篇东西也许成为史料，等着瞧吧。

济南的冬天

老　舍

———

老舍1930年前后来到山东，先后在济南齐鲁大学和青岛山东大学任教7年之久，对山东产生了深厚的感情，山东被他称为"第二故乡"。该文是老舍1931年春天在济南齐鲁大学任教时写成的，此篇可以与朱自清笔下的《春》媲美！

对于一个在北平住惯的人，像我，冬天要是不刮风，便觉得是奇迹；济南的冬天是没有风声的。对于一个刚由伦敦回来的人，像我，冬天要能看得见日光，便觉得是怪事；济南的冬天是响晴的。自然，在热带的地方，日光是永远那么毒，响亮的天气，反有点叫人害怕。可是，在北中国的冬天，而能有温晴的天气，济南真得算个宝地。

设若单单是有阳光，那也算不了出奇。请闭上眼睛想：一个老城，有山有水，全在天底下晒着阳光，暖和安适地睡着，只等春风来把它们唤醒，这是不是个理想的境界？小山整把济南围了个圈儿，只有北边缺着点口儿。这一圈小山在冬天特别可爱，好像是把济南放在一个小摇篮里，它们安静不动地低声地说："你们放心吧，这儿准保暖和。"真的，济南的人们在冬天是面上含笑的。他们一看那些小山，心中便觉得有了着落，有了依靠。他们由天上看到山上，便不知不觉地想起："明天也许就是春天了吧？这样的温暖，今天夜里山草也许就绿起来了吧？"就是这点幻想不能一时实现，他们也并不着急，因为有这样慈善的冬天，干啥还希望别的呢！

最妙的是下点小雪呀。看吧，山上的矮松越发的青黑，树尖上顶着一髻儿白花，好像日本看护妇。山尖全白了，给蓝天镶上一道银边。山坡上，有的地方雪厚点，有的地方草色还露着；这样，一道儿白，一道儿暗黄，给山们穿上一件带水纹的花衣；看着看着，这件花衣好像被风儿吹动，叫你希望看见一点更美的山的肌肤。等到快日落的时候，微黄的阳光斜射在山腰上，那点薄雪好像忽然害了羞，微微露出点粉色。就是下小雪吧，济南是受不住大雪的，那些小山太秀气！

古老的济南，城内那么狭窄，城外又那么宽敞，山坡上卧着些小村庄，小村庄的房顶上卧着点雪，对，这是张小水墨画，也许是唐代的名手画的吧。

那水呢，不但不结冰，倒反在绿萍上冒着点热气，水藻真绿，把终年贮蓄的绿色全拿出来了。天儿越晴，水藻越绿，就凭这些绿的精神，水也不忍得冻上，况且那些长枝的垂柳还要在水里照个影儿呢！看吧，由澄清的河水慢慢往上看吧，空中，半空中，天上，自上而下全是那么清亮，那么蓝汪汪的，整个的是块空灵的蓝水晶。这块水晶里，包着红屋顶，黄草山，像地毯上的小团花的小灰色树影。这就是冬天的济南。

林 海

老 舍
_____

当时正是新中国成立初期，全国人民在抗战胜利、当家做主的喜悦之中，而国家建设也向着积极的方面发展。作者以细腻的笔触描绘了大兴安岭的美丽风光，抒发了对祖国壮丽河山的热爱。并由景展开联想，赞美了大兴安岭在祖国经济建设和政治稳定方面起到的巨大作用。

　　我总以为大兴安岭奇峰怪石高不可攀。这回有机会看到它，并且走进原始森林，脚踩在积得几尺厚的松针上，手摸到那些古木，才证实这个悦耳的名字是那样亲切与舒服。

　　大兴安岭这个"岭"字，跟秦岭的"岭"大不一样。这里的岭的确很多，高点的，矮点的，长点的，短点的，横着的，顺着的，可是没有一条使人想起"云横秦岭"那种险境。多少条岭啊，在疾驶的火车上看了几个钟头，看也看不完，看也看不厌。每条岭都是那么温柔，虽然下自山脚，上至岭顶，长满了珍贵的林木，可是谁也不孤峰突起，盛气凌人。

目之所及，哪里都是绿的，的确是林海。群岭起伏是林海的波浪。多少种绿颜色呀：深的，浅的，明的，暗的，绿得难以形容，恐怕只有画家才能够描绘出这么多的绿颜色来！

兴安岭上千般宝，第一应夸落叶松。是的，这里是落叶松的海洋。看，海边上不是有些白色的浪花吗？那是些俏丽的白桦，树干是银白色的。在阳光下，一片青松的边沿，闪动着白桦的银裙，不是像海边上的浪花吗？

两山之间往往流动着清可见底的小河。河岸上有多少野花啊！我是爱花的人，到这里却叫不出那些花的名儿来。兴安岭多么会打扮自己呀：青松做衫，白桦为裙，还穿着绣花鞋。连树与树之间的空隙也不缺乏色彩：松影下开着各种小花，招来各色的小蝴蝶——它们很亲热地落在客人身上。花丛里还隐藏着珊瑚珠似的小红豆，兴安岭中的酒厂所酿造的红豆酒，就是用这些小野果酿成的，味道很好。

看到那数不尽的青松白桦，谁能不向四面八方望一望呢？有多少省市用过这里的木材呀！大至矿井、铁路，小至椽柱、桌椅。千山一碧，万古长青，恰好与广厦、良材联系在一起。所以，兴安岭越看越可爱！它的美丽与建设结为一体，美得并不空洞，叫人心中感到亲切、舒服。

及至看到了林场，这种亲切之感更加深厚了。我们伐木取材，也造林护苗，一手砍，一手栽。我们不仅取宝，也做科学研究，使林海不但能够万古长青，而且可以综合利用。山林中已经有不少的市镇，给兴安岭增添了新的景色，增添了愉快的劳动歌声。人与山的关系日益密切，怎能不使我们感到亲切、舒服呢？我不晓得当初为什么管它叫做兴安岭，由今天看来，它的确含有兴国安邦的意义。

宗月大师

老　舍

　　本文精彩地塑造了"刘大叔"这个人物形象，整篇文字如汩汩的泉水，自然流畅，水到渠成，语言朴实而自然。对宗月大师的形象也做了深刻的描绘：一、仗义疏财，乐善好施。自己掏钱帮助"我"入私塾，后又帮"我"入公立学校；一贫如洗时还要办贫儿学校和粥厂，出家后仍不忘救济穷人。二、不以富傲人。有空就看穷朋友，关心"我"这个苦孩子，绝不冷淡"我"。三、豪爽乐观。他说话声音洪亮，为人豪爽大方，不在乎钱财，不计较得失，无论富有或是贫穷，都很乐观。

在我小的时候，我因家贫而身体很弱。我九岁才入学。因家贫体弱，母亲有时候想叫我去上学，又怕我受人家的欺侮，更因交不上学费，所以一直到九岁我还不识一个字。说不定，我会一辈子也得不到读书的机会。因为母亲虽然知道读书的重要，可是每月间三四吊钱的学费，实在让她为难。

母亲是最喜脸面的人。她迟疑不决，光阴又不等待着任何人，晃来晃去，我也许就长到十多岁了……母亲很爱我，但是假若我能去做学徒，或提篮沿街卖樱桃而每天赚几百钱，她或者就不会坚决的反对。穷困比爱心更有力量。

有一天刘大叔偶然的来了。我说"偶然的"，因为他不常来看我们。他是个极富的人，尽管他心中并无贫富之别，可是他的财富使他终日不得闲，几乎没有工夫来看穷朋友。一进门，他看见了我。"孩子几岁了？上学没有？"他问我的母亲。他的声音是那么洪亮（在酒后，他常以学喊俞振庭的《金钱豹》自傲），他的衣服是那么华丽，他的眼是那么亮，他的脸和手是那么白嫩肥胖，使我感到我大概是犯了什么罪。我们的小屋，破桌凳，土炕，几乎禁不住他的声音的震动。等我母亲回答完，刘大叔马上决定："明天早上我来，带他上学，学钱、书籍，大姐你都不必管！"我的心跳起多高，谁知道上学是怎么一回事呢！

第二天，我像一条不体面的小狗似的，随着这位阔人去入学。学校是一家改良私塾，在离我的家有半里多地的一座道士庙里。庙不甚大，而充满了各种气味……学校是在大殿里。大殿两旁的小屋住着道士和道士的家眷。

大殿里很黑、很冷。神像都用黄布挡着，供桌上摆着孔圣人的牌位。学生都面朝西坐着，一共有三十来人。西墙上有一块黑板——这是"改良"私塾。老师姓李，一位极死板而极有爱心的中年人。刘大叔和李老师"嚷"了一顿，而后教我拜圣人及老师。老师给了我一本《地球韵言》和一本《三字经》。我于是，就变成了学生。

自从做了学生以后，我时常到刘大叔的家中去。他的宅子有两个大院子，院中几十间房屋都是出廊的。院后，还有一座相当大的花园。宅子的左右前后全是他的房屋，若是把那些房子齐齐地排起来，可以占半条大街。此外，他还有几处铺店。每逢我去，他必招呼我吃饭，或给我一些我没有看见过的点心。他绝不以我为一个苦孩子而冷淡我，他是阔大爷，但是他不以富傲人。

在我由私塾转入公立学校去的时候，刘大叔又来帮忙。这时候，他的财产已大半出了手。他是阔大爷，他只懂得花钱，而不知道计算。人们吃他，他甘心教他们吃；人们骗他，他付之一笑。他的财产有一部分是卖掉的，也有一部分是被人骗了去的。他不管；他的笑声照旧是洪亮的。

到我中学毕业的时候，他已一贫如洗，什么财产也没有了，只剩了那个后花园。他好善。尽管他自己的儿女受着饥寒，尽管他自己受尽折磨，他还是去办贫儿学校、粥厂等等慈善事业。他忘了自己。就是在这个时候，我和他过往的最密。他办贫儿学校，我去作义务教师。他施舍粮米，我去帮忙调查及散放。在我的心里，我很明白：放粮放钱不过只是延长贫民的受苦难的日期，而不足以阻拦住死亡。但是，看刘大叔那么热心，那么真诚，我就顾不得和他辩论，而只好也出点力了。即使我和他辩论，我也不会得胜，人情是往往能战胜理智的。

在我出国以前，刘大叔的儿子死了。而后，他的花园也出了手。他入庙为僧，夫人与小姐入庵为尼。由他的性格来说，他似乎势必走入避世学禅的一途。……在以前，他吃的是山珍海味，穿的是绫罗绸缎。现在，他每日一餐，入秋还穿着件夏布道袍。这样苦修，他的脸上还是红红的，笑声还是洪亮的。对佛学，他有多么深的认识，我不敢说。我却真知道他是个好和尚，他知道一点便去做一点，能做一点便做一点。他的学问也许不高，但是他所知道的都能见诸实行。

出家以后，他不久就做了一座大寺的方丈。可是没有多久就被驱除出来。他是要做真和尚，所以他不惜变卖庙产去救济苦人。庙里不要这种方丈。一般的说，方丈的责任是要扩充庙产，而不是救苦救难的。离开大寺，他到一座没有任何产业的庙里做方丈。他自己既没有钱，他还须天天为僧众们找到斋吃。同时，他还举办粥厂等等慈善事业。他穷，他忙，他每日只进一顿简单的素餐，可是他的笑声还是那么洪亮。

他的庙里不应佛事，赶到有人来请，他便领着僧众给人家去唪真经，不要报酬。他整天不在庙里，但是他并没忘了修持；他持戒越来越严，对经义也深有所获。他白天在各处筹钱办事，晚间在小室里作工夫。谁见到这位破和尚也不曾想到他曾是个在金子里长起来的阔大爷。

去年，有一天他正给一位圆寂了的和尚念经，他忽然闭上了眼，就坐化了。火葬后，人们在他的身上发现许多舍利。

没有他，我也许一辈子也不会入学读书。没有他，我也许永远想不起帮助别人有什么乐趣与意义。他是不是真的成了佛？我不知道。但是，我的确相信他的居心与言行是与佛相近似的。我在精神上物质上都受过他的好处，现在我的确愿意他真的成了佛，并且盼望他以佛心引领我向善，正像在三十五年前，他拉着我去入私塾那样！

他是宗月大师。

海　燕

郑振铎

　　1927 年国民党反动派发动"四一二"反革命政变，屠杀共产党人和革命者，迫害进步人士。郑振铎被迫远走欧洲，于 5 月 21 日只身乘船前往法国巴黎。途中见到海燕，引发绵绵乡思，他撷取了途中的一个片断，写成这篇文章。作者在文章中抓住燕子的特征，用细腻的笔触，托物言志，借身处异乡时看见小燕子表达了对祖国故乡的思念之情。

　　乌黑的一身羽毛，光滑漂亮，积伶积俐，加上一双剪刀似的尾巴、一对劲俊轻快的翅膀，凑成了那样可爱的活泼的一只小燕子。当春间二三月，轻飔微微地吹拂着，如毛的细雨无因地由天上洒落着，千条万条的柔柳，齐舒了它们的黄绿的眼，红的白的黄的花，绿的草，绿的树叶，皆如赶赴市集者似的奔聚而来，形成了烂漫无比的春天时，那些小燕子，那么伶俐可爱的小燕子，便也由南方飞来，加入了这个隽妙无比的春景的图画中，为春光平添了许多的生趣。小燕子带了它的双剪似的尾，在微风细雨中，或在阳光满地时，斜飞于旷亮无比的天空之上，唧的一声，已由这里稻田上，飞到了那边的高柳之下了。再几只却隽逸地在粼粼如縠纹的湖面横掠着，小燕子的剪尾或翼尖，偶沾了水面一下，那小圆晕便一圈一圈地荡漾了开去。那边还有飞倦了的几对，闲散的憩息于纤细的电线上——嫩蓝的春天，几支木杆，几痕细线连于杆与杆间，线上是停着几个粗而有致的小黑点，那便是燕子，是多么有趣的一幅图画呀！还有一家家的快乐家庭，他们还特为我们的小燕子备了一个两个小巢，放在厅梁的最高处。假如这家有了一个匾额，那匾后便是小燕子最好的安巢之所。第一年，小燕子来住了，第二年，我们的小燕子，就是去年的一对，它们还要来住。

"燕子归来寻旧垒。"

还是去年的主，还是去年的宾，他们宾主间是如何的融融泄泄呀！偶然的有几家，小燕子却不来光顾，那便很使主人忧戚，他们邀召不到那么隽逸的嘉宾，每以为自己运命的蹇劣呢。

这便是我们故乡的小燕子，可爱的活泼的小燕子，曾使几多的孩子们欢呼着，注意着，沈醉着，曾使几多的农人们市民们忧戚着，或舒怀地指点着，且曾平添了几多的春色，几多的生趣于我们的春天的小燕子！

如今，离家是几千里！离国是几千里！托身于浮宅之上，奔驰于万顷海涛之间，不料却见着我们的小燕子。

这小燕子，便是我们故乡的那一对、两对么？便是我们今春在故乡所见的那一对、两对么？

见了它们，游子们能不引起了，至少是轻烟似的，一缕两缕的乡愁么？

海水是皎洁无比的蔚蓝色，海波是平稳得如春晨的西湖一样，偶有微风，只吹起了绝细绝细的千万个粼粼的小皱纹，这更使照晒于初夏之太阳光之下的、金光烂灿的水面显得温秀可喜。我没有见过那么美的海！天上也是皎洁无比的蔚蓝色，只有几片薄纱似的轻云，平贴于空中，就如一个女郎，穿了绝美的蓝色夏衣，而颈间却围绕了一段绝细绝轻的白纱巾。我没有见过那么美的天空！我们倚在青色的船栏上，默默地望着这绝美的海天；我们一点杂念也没有，我们是被沉醉了，我们是被带入晶天中了。

就在这时，我们的小燕子，二只，三只，四只，在海上出现了。它们仍是隽逸地从容地在海面上斜掠着，如在小湖面上一样。海水被它的似剪的尾与翼尖一打，也仍是连漾了好几圈圆晕。小小的燕子，浩莽的大海，飞着飞着，不会觉得倦么？不会遇着暴风疾雨么？我们真替它们担心呢！

小燕子却从容地憩着了。它们展开了双翼，身子一落，落在海面上了，双翼如浮圈似的支持着体重，活是一只乌黑的小水禽，在随波上下地浮着，又安闲，又舒适。海是它们那么安好的家，我们真是想不到。

在故乡，我们还会想象得到我们的小燕子是这样的一个海上英雄么？

海水仍是平贴无波，许多绝小绝小的海鱼，为我们的船所惊动，群向远处窜去，随了它们飞窜着，水面起了一条条的长痕，正如我们当孩子时之用瓦片打水漂在水面所划起的长痕。这小鱼是我们小燕子的粮食么？

小燕子在海面上斜掠着，浮憩着。它们果是我们故乡的小燕子么？

啊，乡愁呀，如轻烟似的乡愁呀！

蝉与纺织娘

郑振铎

本文记载了作者对大自然中虫鸣之声的细致观察和自己的一次独特的经验。通过对蝉声高旷之音的赞美，对独特经验的诗意描述，引领出一种精神，一种只属于人的、蓬勃旺盛的、生生不息的精神。

你如果有福气独自坐在窗内，静悄悄的没一个人来打扰你，一点钟，两点钟的过去，嘴里衔着一支烟，躺在沙发上慢慢的喷着烟云，看它一白圈一白圈的升上，那么在这静境之内，你便可以听到那墙角阶前的鸣虫的奏乐。

那鸣虫的作响，真不是凡响；如果你曾听见过曼杜令的低奏，你曾听见过一支洞箫在月下湖上独吹着，你曾听见过红楼的重幔中透漏出的弦管声，你曾听见过流水淙淙的由溪石间流过，或你曾倚在山阁上听着飒飒的松风在足下拂过，那么，你便可以把那如何清幽的鸣虫之叫声想象到一二了。

虫之乐队，因季候的关系而颇有不同，夏天与秋令的虫声，便是截然的两样。蝉之声是高旷的，享乐的，带着自己满足之意的；它高高的栖在梧桐树或竹枝上，迎风而唱，那是生之歌——生之盛年之歌，那是结婚曲——那是中世纪武士美人的大宴时的行吟诗人之歌。无论听了那叽——叽——的漫长声，或叽格——叽格——的较短声，都可同样的受到一种轻快的美感。秋虫的鸣声最复杂，但无论纺织娘的咭嘎、蟋蟀的唧唧、金铃子之丁零，还有无数无数不可名状的秋虫之鸣声，其声调之凄抑却都是一样的；它们唱的是秋之歌，是暮年之歌，是薤露之曲。它们的歌声，是如秋风之扫落叶，怨妇之奏琵琶，孤峭而幽奇，清远而凄迷，低徊而愁肠百结。你如果是一个孤客，独宿于荒郊逆旅，一盏荧荧的油灯，对着一张板床、一张木桌、一二张硬板凳，再一听见四壁唧唧吱吱的虫声间作，那你今夜便不用再想稳稳的安睡了，什么愁情、乡思，以及人生之悲感，都会一串一串的从根儿勾引出来，在你心上翻来覆去，如白老鼠在戏笼中走轮盘一般，一上去便不用想下来憩息。如果你不是一个客人，你有家庭，你有很好的太太，你并没有什么闲愁胡想，那么，在你太太已睡之后，你想在书房中静静的写些东西时，这唧唧的秋虫之声却也会无端的窜入你的心里，翻掘起你向不曾有过的一种凄感呢。如果那一夜是一个月夜，天井里统是银白色，枯秃的树影，一根一条的很清朗的印在地上，那么你的感触将更深了。那也许就是所谓悲秋。

秋虫之声，大都在蝉之夏曲已告终之后出现，那正与气候之寒暖相应。但我却有一次奇异的经验：在无数的纺织娘之鸣声已来了之后，却又听得满耳的蝉声。我想我们的读者中有这种经验的人是必不多的。

我在山中，每天听见的只有蝉声，鸟声还比不上。那天气是很热，即在山上，也觉得并不凉爽。正午的时候，躺在廊前的藤榻上，要求一点的凉风，却见满山的竹树梢头，一动也不动，看看足底下的花草，也都静静的站着，如老僧入了定似的。风扇之类既得不到，只好不断地用手巾来拭汗，不断地在摇挥那纸扇了。在这时候，往往有几缕的蝉声在槛外鸣奏着。闭了目，静静的听了它们在忽高忽低，忽断忽续，此唱彼和，仿佛是一大阵绝清幽的乐阵在那里奏着绝清幽的曲子，炎热似乎也减少了，然后，朦胧的朦胧的睡去了，什么都不觉得。良久，良久，清梦醒来时，却又是满耳的蝉声。山中的蝉真多！绝早的清晨，老妈子们和小孩子们常去抱着竹竿乱摇一阵，而一只二只的蝉便要跟随了朝露而落到地上了。每一个早晨，在我们滴翠轩的左近，至少是百只以上之蝉是这样的被捉。但蝉声却并不减少。

常常的，一只蝉两只蝉，叽的一声，飞入房内，如平时我们所见的青油虫及灯蛾之飞入一样。这也是必定被人所捉的。有一天，见有什么东西在槛外倒水的铅斗中咯笃咯笃的作响，俯身到槛外一看，却只是一只蝉，这当然又是一个俘虏了。还有好几次，在山脊上走时，忽见矮林丛中有什么东西在动，拨开林丛一看，却也是一只蝉。它是竹枝竹叶挡阻住了不能飞去。我把它拾在手中。同行的心南先生说："这有什么稀奇，放走了它吧。要多少还怕没有！"我便顺手把它向风中一送，它悠悠扬扬的飞去很远很远，渐渐的不见了。我想不到这只蝉就在刚才是地上拾了来的那一只！

初到时，颇想把它们捉几个寄到上海去送送人。有一次，便托了老妈子去捉。她在第二天一早，果然捉了五六只来放在一个大香烟纸盒中，不料给依真一见，她却吵着，带强迫的要去。我又托那个老妈子去捉。第二天，又提了四五只来。依真的纸盒中却只剩下两只活的，其余的都死了。到了晚上，我的几只，也死了一半。因此，寄到上海的计划遂根本的打消了。从此以后，便也不再托人去捉，自己偶然捉来的，也都随手的放去了，那样不经久的东西，留下了它干什么用！不过孩子们却还热心的去捉。依真每天要捉至少三只以上用细绳子缚在铁杆上。有一次，曾有一只蝉居然带了红绳子逃去了；很长的一根红绳子，拖在它后面，在风中飘荡着，很有趣味。

半个月过去了；有的时候，似乎蝉声略少，第二天却又多了起来。虽然是叽——叽——的不息的鸣着，却并不觉喧扰；所以大家都不讨厌它们。我却特别的爱听它们的歌唱，那样的高旷清远的调子，在什么音乐会中可以听得到！所以我每以蝉声将绝为虑，时时的干涉孩子们的捕捉。

到了一夜，狂风大作，雨点如从水龙头上喷出似的，向槛内廊上倾倒。第二天还不放晴。再过一天，晴了，天气却很凉，蝉声乃不再听见了！全山上在鸣唱着的却换了一种咭嘎——咭嘎——的急促而凄楚的调子，那是纺织娘。

"秋天到了！"我这样的说着，颇动了归心。

再一天，纺织娘还是咭嘎咭嘎的唱着。

然而，第三天早晨，当太阳晒得满山时，蝉声却又听见了！且很不少。我初听不信，叽——叽——叽格——叽格——那确是蝉声！纺织娘之声却又潜踪了。

蝉回来了，跟它回来的是炎夏。从箱中取出的棉衣又复放入箱中。下山之计遂又打消了。

谁曾于听了纺织娘歌声之后再听见蝉的夏曲呢？这是我的一个有趣的经验。

人民的诗人——屈原

闻一多

　　在本文中，作者认为：最使屈原成为人民热爱与崇敬的对象的，是他的"行义"，不是他的"文采"。而屈原的"行义"则集中表现在他的伟大理想和执着追求理想的光辉业绩上。同时，此文对屈原的形象进行了更加现代的解读。

　　古今没有第二个诗人像屈原那样曾经被人民热爱的。我说"曾经"，因为今天过着端午节的中国人民，知道屈原这样一个人的实在太少，而知道《离骚》这篇文章的更有限。但这并不妨碍屈原是一个人民的诗人。我们也不否认端午这个节日，远在屈原出世以前，已经存在，而它变为屈原的纪念日，又远在屈原死去以后。也许正因如此，才足以证明屈原是一个真正的人民诗人。惟其端午是一个古老的节日，"和中国人民同样的古老，"足见它和中国人民的生活如何不可分离，惟其中国人民愿意把他们这样一个重要的节日转让给屈原，足见屈原的人格，在他们生活中，起着如何重大的作用。也惟其远在屈原死后，中国人民还要把他的名字，嵌进一个原来与他无关的节日里，才足见人民的生活里，是如何的不能缺少他。端午是一个人民的节日，屈原与端午的结合，便证明了过去屈原是与人民结合着的，也保证了未来屈原与人民还要永远结合着。是什么使得屈原成为人民的屈原呢？

第一，说来奇怪，屈原是楚王的同姓，却不是一个贵族。战国是一个封建阶级大大混乱的时期，在这混乱中，屈原从封建贵族阶级，早被打落下来，变成一个作为宫廷弄臣的卑贱的伶官，所以，官爵尽管很高，生活尽管和王公们很贴近，他，屈原，依然和人民一样，是在王公们脚下被践踏着的一个。这样，首先在身份上，屈原便是属于广大人民群众的。

第二，屈原最主要的作品——《离骚》的形式，是人民的艺术形式，"一篇题材和秦始皇命博士所唱的《仙真人诗》一样的歌舞剧"。虽则它可能是在宫廷中演出的。至于他的次要的作品——《九歌》，是民歌，那更是明显，而为历来多数的评论家所公认的。

第三，在内容上，《离骚》"怨恨怀王，讥刺椒兰"，无情地暴露了统治阶层的罪行，严正地宣判了他们的罪状，这对于当时那在水深火热中敢怒而不敢言的人民，是一个安慰，也是一个兴奋。用人民的形式，喊出了人民的愤怒，《离骚》的成功不仅是艺术的，而且是政治的，不，它的政治的成功，甚至超过了艺术的成功，因为人民是最富于正义感的。

但，第四，最使屈原成为人民热爱与崇敬的对象的，是他的"行义"，不是他的"文采"。如果对于当时那在暴风雨前窒息得奄奄待毙的楚国人民，屈原的《离骚》唤醒了他们的反抗情绪，那么，屈原的死，更把那反抗情绪提高到爆炸的边沿，只等秦国的大军一来，就用那溃退和叛变的方式，来向他们万恶的统治者，实行报复性的反击（楚亡于农民革命，不亡于秦兵，而楚国农民的革命性的优良传统，在此后陈胜吴广对秦政府的那一著上，表现得尤其清楚）。历史决定了暴风雨时代必然要来到，屈原一再地给这时代执行了"催生"的任务。屈原的言、行，无一不是与人民相配合的，虽则也许是不自觉的。有人说他的死是"匹夫匹妇自经于沟壑"，对极了，匹夫匹妇的作风，不正是人民革命的方式吗？

以上各条件，若缺少了一件，便不能成为真正的人民诗人。尽管陶渊明歌颂过农村，农民不要他，李太白歌颂过酒肆，小市民不要他，因为他们既不属于人民，也不是为着人民的。杜甫是真心为着人民的，然而人民听不懂他的话。屈原虽没写人民的生活，诉人民的痛苦，然而实质的等于领导了一次人民革命，替人民报了一次仇。屈原是中国历史上唯一有充分条件称为人民诗人的人。

　　　　　　　　　　　　　　　　　一九四五年六月

春

朱自清

《春》是一篇满贮诗意的散文。它以诗的笔调，描绘了我国南方春天特有的景色。它是一幅春光秀丽的画卷，更是一曲赞美春的颂歌。饱含了作者特定时期的思想情绪、对人生及至人格的追求，表现了作家骨子里的传统文化积淀和他对自由境界的向往。

盼望着，盼望着，东风来了，春天的脚步近了。

一切都像刚睡醒的样子，欣欣然张开了眼。山朗润起来了，水涨起来了，太阳的脸红起来了。

小草偷偷地从土里钻出来，嫩嫩的，绿绿的。园子里，田野里，瞧去，一大片一大片满是的。坐着，躺着，打两个滚，踢几脚球，赛几趟跑，捉几回迷藏。风轻悄悄的，草绵软软的。

桃树、杏树、梨树，你不让我，我不让你，都开满了花赶趟儿。红的像火，粉的像霞，白的像雪。花里带着甜味，闭了眼，树上仿佛已经满是桃儿、杏儿、梨儿！花下成千成百的蜜蜂嗡嗡地闹着，大小的蝴蝶飞来飞去。野花遍地是：杂样儿，有名字的，没名字的，散在草丛里，像眼睛，像星星，还眨呀眨的。

"吹面不寒杨柳风"，不错的，像母亲的手抚摸着你。风里带来些新翻的泥土的气息，混着青草味，还有各种花的香，都在微微润湿的空气里酝酿。鸟儿将窠巢安在繁花嫩叶当中，高兴起来了，呼朋引伴地卖弄清脆的喉咙，唱出宛转的曲子，与轻风流水应和着。牛背上牧童的短笛，这时候也成天在嘹亮地响。

雨是最寻常的，一下就是三两天，可别恼。看，像牛毛，像花针，像细丝，密密地斜织着，人家屋顶上全笼着一层薄烟。树叶子却绿得发亮，小草也青得逼你的眼。傍晚时候，上灯了，一点点黄晕的光，烘托出一片安静而和平的夜。乡下去，小路上，石桥边，撑起伞慢慢走着的人；还有地里工作的农夫，披着蓑，戴着笠的。他们的草屋，稀稀疏疏的在雨里静默着。

天上风筝渐渐多了，地上孩子也多了。城里乡下，家家户户，老老小小，他们也赶趟儿似的，一个个都出来了。舒活舒活筋骨，抖擞抖擞精神，各做各的一份事去。"一年之计在于春"，刚起头儿，有的是工夫，有的是希望。

春天像刚落地的娃娃，从头到脚都是新的，它生长着。

春天像小姑娘，花枝招展的，笑着，走着。

春天像健壮的青年，有铁一般的胳膊和腰脚，他领着我们上前去。

一九三三年二月二十一日作。

夜 莺

戴望舒（1905—1950）

浙江杭州人。中国现代派象征主义诗人、翻译家。他先后在鸳鸯蝴蝶派的刊物上发表过三篇小说:《债》《卖艺童子》和《母爱》。曾经和杜衡、张天翼和施蛰存等人成立了一个名为"兰社"的文学小团体，创办了《兰友》旬刊。诗集有《我的记忆》《望舒草》《望舒诗稿》《灾难的岁月》《戴望舒诗选》《戴望舒诗集》，另有译著等数十种。为中国现代象征派诗歌的代表。无论理论还是创作实践，都对中国新诗的发展产生过相当大的影响。同时，他的散文在精神气质、表现手法和情感抒发上体现了浓厚的现代性，表达了个体独特的人生体验，在思想上和艺术上都具有很高的价值，从本文就可见一斑。

在神秘的银月的光辉中，树叶儿啁啾地似在私语，缔缥地似在潜行；这时候的世界，好似一个不能解答的谜语，处处都含着幽奇和神秘的意味。

有一只可爱的夜莺在密荫深处高啭，一时那林中充满了她婉转的歌声。

我们慢慢地走到饶有诗意的树荫下来，悠然听了会鸟声，望了会月色。我们同时说："多美丽的诗境！"于是我们便坐下来说夜莺的故事。

"你听她的歌声是多悲凉！"我的一位朋友先说了，"她是那伟大的太阳的使女：每天在日暮的时候，她看见日儿的残光现着惨红的颜色，一丝丝的向辽远的西方消逝了，悲思便充满了她幽微的心窍，所以她要整夜的悲啼着……"

"这是不对的，"还有位朋友说，"夜莺实是月儿的爱人：你可不听见她的情歌是怎地缠绵？她赞美着月儿，月儿便用清辉将她拥抱着。从她的歌声，你可听不出她灵魂是沉醉着？"

我们正想再听一会夜莺的啼声，想要她启示我们的怀疑，但是她拍着翅儿飞去了，却将神秘作为她的礼物留给我们。

（载《璎珞》第一期，一九二六年三月）

救火夫

梁遇春

《救火夫》不仅是一篇充满激情的散文作品，也是我国消防发展史上的重要见证之一。这篇散文详尽地描述了我国20世纪20年代城市消防队的基本情况，热情讴歌了消防职业精神，是消防文化中难得的精品。

三年前一个夏天的晚上，我正坐在院子里乘凉，忽然听到接连不断的警钟声音，跟着响三下警炮，我们都知道城里什么地方的屋子又着火了。我的父亲跑到街上去打听，我也奔出去瞧热闹。远远来了一阵嘈杂的呼喊，不久就有四五个赤膊工人个个手里提一只灯笼，拼命喊道，"救""救"……从我们面前飞也似地过去，后面有六七个工人拖一辆很大的铁水龙同样快地跑着，当然也是赤膊的。他们只在腰间系一条短裤，此外棕黑色的皮肤下面处处有蓝色的浮筋跳动着，他们小腿的肉的颤动和灯笼里闪烁欲灭的烛光有一种极相协的和谐，他们的足掌打起无数的尘土，可是他们越跑越带劲，好像他们每回举步时，从脚下的"地"都得到一些新力量。水龙隆隆的声音杂着他们尽情的呐喊，他们在满面汗珠之下现出同情和快乐的脸色。那一架庞大的铁水龙我从前在救火会曾经看见过，总以为最少也要十七八个人用两根杠子才抬得走，万想不到六七个人居然能够牵着它飞奔。他们只顾到口里喊"救"，那么不在乎地拖着这笨重的家伙望前直奔，他们的脚步和水龙的轮子那么一致飞动，真好像铁面无情的水龙也被他们的狂热所传染，自己用力跟着跑了。一霎眼他们都过去了，一会儿只剩些隐约的喊声。我的心却充满了惊异，愁闷的心境顿然化为晴朗，真可说拨云雾而见天日了。那时的情景就不灭地印在我的心中。

从那时起，我这三年来老抱一种自己知道绝不会实现的宏愿，我想当一个救火夫。他们真是世上最快乐的人们，当他们心中只惦着赶快去救人这个念头，其他万虑皆空，一面善用他们活泼泼的躯干，跑过十里长街，像救自己的妻子一样去救素来不识面的人们，他们的生命是多么有目的，多么矫健生姿。我相信生命是一块顽铁，除非在同情的熔炉里烧得通红的，用人间世的灾难做锤子来使他进出火花来，他总是那么冷冰冰，死沉沉地，惘怅地徘徊于人生路上的我们天天都是在极剧烈的麻木里过去—— 一种甚至于不能得自己同情的苦痛。可是我们的迟疑不前成了天性，几乎将我们活动的能力一笔勾销，我们的惯性把我们弄成残废的人们了。不敢上人生的舞场和同伴们狂欢地跳舞，却躲在帘子后面呜咽，这正是我们这般弱者的态度。在席卷一切的大火中奔走，在快陷下的屋梁上攀缘，不顾死生，争为先登的救火夫们安得不打动我们的心弦。他们具有坚定不拔的目的，他们一心一意想营救难中的人们，凡是难中人们的命运他们都视如自己地亲切地感到，他们尝到无数人心中的哀乐，那般人们的生命同他们的生命息息相关，他们忘记了自己，将一切火热里的人们都算做他们自己，凡是带有人的脸孔全可以算做他们自己，这样子他们生活的内容丰富到极点，又非常澄净清明，他们才是真真活着的人们。

他们无条件地同一切人们联合起来，为着人类，向残酷的自然反抗。这虽然是个个人应当做的事，并没有什么了不得，然而一看到普通人们那样子任自然力蹂躏同类，甚至于认贼作父，利用自然力来残杀人类，我们就不能不觉得那是一种义举了。他们以微小之躯，为着爱的力量的缘故，胆敢和自然中最可畏的东西肉搏，站在最前面的战线，这时候我们看见宇宙里最悲壮雄伟的戏剧在我们面前开演了：人和自然的斗争，也就是希腊史诗所歌咏的人神之争（因为在希腊神话里，神都是自然的化身）。我每次走过上海静安寺路救火会门口，看见门上刻有 We Fight Fire 三字，我总觉得凛然起敬。我爱狂风暴浪中把着舵神色不变的舟子，我对于始终住在霍乱流行极盛的城里，履行他的职务的约翰·勃朗医生（Dr. John Brown）怀一种虔敬的心情（虽然他那和蔼可亲的散文使我觉得他是个脾气最好的人），然而专以杀微弱的人类为务的英雄却勾不起我丝毫的欣羡，有时简直还有些鄙视。发现细菌的巴斯德（Pasteur），发明矿中安全灯的某一位科学家（他的名字我不幸忘记了），以及许多为人类服务的人们，像林肯、威尔逊之流，他们现在天天受我们的讴歌，实际上他们和救火夫具有同样的精神，也可说救火夫和他们是同样地伟大，最少在动机方面是一样的，然而我却很少听到人们赞美救火夫，可是救火夫并不是一眼瞧着受难的人类，一眼顾到自己身前身后的那般伟人，所以他们虽然没有人们献上甜蜜蜜的媚辞，却很泰然地干他们冒火打救的伟业，这也正是他们的胜过大人物们的地方。

有一位愤世的朋友每次听到我赞美救火夫时，总是怒气汹汹的说道，这个糊涂的世界早就该烧个干干净净，山穷水尽，现在偶然天公做美，放下一些火来，再用些风来助火势，想在这片龌龊的地上锄出一小块洁白的土来。偏有那不知趣的，好事的救火夫焦头烂额地来浇下冷水，这真未免于太杀风景了，而且人们的悲哀已经是达到饱和度了，烧了屋子和救了屋子对于人们实在并没有多大关系，这是指那般有知觉的人而说。至于那般天赋与铜心铁肝，毫不知苦痛是何滋味的人们，他们既然麻木了，多烧几间房子又何妨呢！总之，天下本无事，庸人自扰之，足下的歌功颂德更是庸人之尤所干的事情了。这真是"人生一世浪自苦，盛衰桃杏开落闲。"我这位朋友是最富于同情心的人，但是顶喜欢说冷酷的话，这里面恐怕要用些心理分析的功夫罢！然而，不管我们对于个个的人有多少的厌恶，人类全体合起来总是我们爱恋的对象。这是当代一位没有忘却现实的哲学家（Gcorge Santayana）讲的话。这话是极有道理的，人们受了遗传和环境的影响，染上了许多坏习气，所以个个人都具些讨厌的性质，但是当我们抽象地想到人类的，我们忘记了各人特有的弱点，只注目在人们真美善的地方，想用最完美的法子使人性向着健全壮丽的方面发展，于是彩虹般的好梦现在当前，我们怎能不爱人类哩！英国十九世纪末叶诗人 Frederich Locekr Lampson 在他的《自传》（*My Confidences*）说道："一个思想灵活的人最善于发现他身边的人们的潜伏的良好气质，他是更容易感到满足的，想象力不发达的人们是最快就觉得旁人的可厌，的确是最喜欢埋怨他们朋友的知识上同别方面的短处。"总之，当救火夫在烟雾里冲锋突围的时候，他们只晓得天下有应当受他们的援救的人类，绝没有想到着火的屋里住有个杀千刀、杀万刀的该死狗才。天下最大的快乐无过于无顾忌地尽量使用己身隐藏的力量，这个意思亚里士多德在二千年前已经娓娓长谈过了。救火夫一时激于舍身救人的意气，举重若轻地拖着水龙疾驰，履险若夷地攀登危楼，他们忘记了困难危险，因此危险困难就失丢了它们一大半的力量，也不能同他们捣乱了。他们慈爱的精神同活泼的肉体真得到尽量的发展，他们奔走于惨淡的大街时，他们脚下踏的是天堂的乐土，难怪他们能够越跑越有力，能够使旁观的我得到一付清心剂。就说他们所救的人们是不值得救的，他们这派的气概总是可敬佩的。天下有无数女人捧着极纯净的爱情，送给极卑鄙的男子，可是那雪白的热情不会沾了尘污，永远是我们所欣羡不置的。

救火夫不单是从他们这神圣的工作得到无限的快乐，他们从同拖水龙，同提灯笼的伴侣又获到强度的喜悦。他们那时把肯牺牲自己、去营救别人的人们都认为比兄弟还要亲密的同志。不管村俏老少，无论贤愚智不肖，凡是努力于扑灭烈火的人们，他们都看做生平的知己，因为是他们最得意事的伙计们。他们有时在火场上初次相见，就可以相视而笑，莫逆于心，"乐莫乐兮新相知"，他们的生活是多有趣呀！个个人雪亮的心儿在这一场野火里互相认识，这是多么值得干的事情。懦怯无能的我在高楼上玩物丧志地读着无谓的书的时候，偶然听到警钟，望见远处一片漫天的火光，我是多么神往于随着火舌狂跳的壮士，回看自己枯瘦的影子，我是多么心痛，痛惜我虚度了青春同壮年。

　　我们都是上帝所派定的救火夫，因为凡是生到人世来都具有救人的责任，我们现在时时刻刻听着不断的警钟，有时还看见人们呐喊着望前奔，然而我们有的正忙于挣钱积钱，想做面团团、心硬硬、人蠢蠢的富家翁，有的正阴谋权位，有的正搂着女人欢娱，有的正缘着河岸，自鸣清高地在那儿伤春悲秋，都是失职的救火夫。有些神经灵敏的人听到警钟，也都还觉得难过，可是又顾惜着自己的皮肤，只好拿些棉花塞在耳里，闭起门来，过象牙塔里的生活。若使我们城里的救火夫这样懒惰，拿公事来做儿戏，那么我们会多么愤激地辱骂他们，可是我们这个大规模的失职却几乎变成当然的事情了。天下事总是如是莫测其高深的，宇宙总是这么颠倒地安排着，难怪波斯诗人喊起"打倒这糊涂世界"的口号。

春底林野

许地山（1893—1941）

福建龙溪人。名赞堃，字地山，笔名落花生。文学研究会发起人之一。曾留学英、美和印度等国。对佛学研究颇深。早期创作的《空山灵雨》《缀网劳蛛》等，既表现出爱国主义和民主主义倾向，又受哲学和宿命论的影响。1935年始，他在香港大学任教，并主持文协工作，积极参加抗日民主活动，作品充满着现实主义和爱国主义精神。本文选自1922年4月10日《小说月报》第13卷第4号刊登的《空山灵雨》。这是一篇写景抒情的散文，写的是山野中春天的景，抒的是对大自然热爱的情。

春光在万山环抱里，更是泄露得迟。那里底桃花还是开着，漫游的薄云从这峰飞过那峰，有时稍停一会，为的是挡住太阳，教地面底花草在它底荫下避避光焰底威吓。

　　岩上底荫处和山溪底旁边满长了薇蕨和其他凤尾草。红、黄、蓝、紫的小草花点缀在绿茵上头。

　　天中底云雀，林中底金莺，都鼓起它们底舌簧。轻风把它们底声音挤成一片，分送给山中各样有耳无耳的生物。桃花听得入神，禁不住落了几点粉泪，一片一片凝在地上。小草花听得大醉，也和着声音底节拍一会倒，一会起，没有镇定的时候。

　　林下一班孩子正在那里捡桃花底落瓣哪。他们捡着，清儿忽嚷起来，道："嘎，邕邕来了！"众孩子住了手，都向桃林底尽头盼望。果然邕邕也在那里摘草花。

　　清儿道："我们今天可要试试阿桐底本领了。若是他能办得到，我们都把花瓣穿成一串璎珞围在他身上，封他为大哥如何？"

　　众人都答应了。

　　阿桐走到邕邕面前，道："我们正等着你来呢。"

　　阿桐底左手盘在邕邕底脖上，一面走一面说："今天他们要替你办嫁妆，教你做我底妻子。你能做我底妻子么？"

邕邕狠视了阿桐一下，回头用手推开他，不许他底手再搭在自己脖上。孩子们都笑得支持不住了。

众孩子嚷道："我们见过邕邕用手推人了！阿桐赢了！"

邕邕从来不会拒绝人，阿桐怎能知道一说那话，就能使她动手呢？是春光底荡漾，把他这种心思泛出来呢？或者，天地之心就是这样呢？

你且看：漫游的薄云还是从这峰飞过那峰。

你且听：云雀和金莺底歌声还布满了空中和林中。在这万山环抱的桃林中，除那班爱闹的孩子以外，万物把春光领略得心眼都迷蒙了。

新西湖

周瘦鹃（1895—1968）

名祖福，字国贤，祖籍安徽，生于上海。现代作家，文学翻译家。曾在上海历任中华书局、《申报》《新闻报》等单位的编辑和撰稿人，其间主编《申报》副刊达十余年之久。还主编过《礼拜六》《紫罗兰》《半月》《乐观月刊》等刊物。1949 年后，一边写作，一边从事园艺工作。著有《花花草草》《花前琐记》《花前续记》《花木丛中》《拈花集》等多部作品。本文作者按照游西湖的先后顺序，记叙了游西湖的感想和西湖美丽壮观的景色。

西湖之美，很难用笔墨描写，也很难用言语形容，只苏东坡诗中"若把西湖比西子，淡妆浓抹总相宜"两句，差足尽其一二。我已十年不到西湖了，前年春季，忽然渴想西湖不已，竟见之于梦。记得明代张岱，因阔别西湖二十八载而作《西湖梦寻》一书，他说："西湖无日不入吾梦中，而梦中之西湖，未尝一日别余也。"我与有同感，因作《西湖梦寻诗》三十首，其第一首云："我是西湖旧宾客，春来那不梦西湖。十年未见西湖面，还问西湖忆我无？"其他二十九首，简直把西湖所有的名胜全都梦游到了。

西湖之美，虽说很难用笔墨描写，但是也有描写得很好的，如宋代俞国宝《风入松》词和明代袁中郎《昭庆寺小记》，三十年前我就给这一词一文吸引到西湖去的。俞词云："一春常费买花钱。日日醉湖边。玉骢惯识西湖路，骄嘶过、沽酒楼前。红杏香中箫鼓，绿杨影里秋千。　暖风十里丽人天。花压鬓云偏。画船载得春归去，余情付、湖水湖烟。明日重扶残醉，来寻陌上花钿。"袁记中有云："山色如蛾，花光似颊，温风如酒，波纹若绫，才一举头，已不觉目酣神醉，此时欲下一语描写不得，大约如东阿王梦中初遇洛神时也。"这一词一文，一写动而一写静，各极其美，端的是不负西湖。

四月一日，因送章太炎先生的灵柩安葬于西湖南屏山下，总算和阔别了十年的西湖重又见面了。当我信步走到湖边的时候，止不住哼着我所喜爱的一首赵秋舲的《西湖曲》："长桥长，断桥断。妾意深，郎情短。西湖湖水十分清，流出桃花波太软。"（调寄《花非花》）我一边哼，一边让两眼先来环游一下，觉得现在的西湖，已是一个新西湖了。环湖所有亭台楼阁，都是红红绿绿的焕然一新，虽觉这种鲜艳的色彩有些儿刺眼，然而非此似乎也不足以见其新啊。

我们一行六人，雇了一艘游艇泛湖去，预定作三小时之游。虽不住的下着雨，却并不减低了我们的游兴，反以一游雨湖为乐，昔人不是说晴湖不如雨湖吗？

先到三潭印月，这里因为亭榭和建筑物较多，所以红绿照眼，更觉得触处皆新，惟有那三潭却还保持它们的旧貌。因此记起我的那首梦寻诗来："我是西湖旧宾客，每逢月夜梦三潭。记曾看月垂杨下，月色溶溶碧水涵。"料想月夜的三潭，一定是名副其实的。

不久我们又冒雨上了游艇，向西泠印社划去。四下里烟雨迷蒙，南高峰北高峰以及宝俶塔等全都失了踪，湖面上倒像只有我们的一叶扁舟了。西泠印社大部分保持它旧有的风格，布置不俗。小龙泓一带可以望到阮公墩，是最可流连的所在。我最欣赏那边几株悬崖形的老梅树，铁干虬枝，苍古可喜，如果缩小了种在盆子里，加以剪裁，可作案头清供。可惜来迟了些，梅花都已谢了，只有一二株送春梅，还是红若胭脂，似与桃花争艳。山下有堂，陈列着十圆、集圆等几盆名兰，而以素心荷瓣的雪香素为最，春兰的花时已过，这几盆大概是硕果仅存的了。堂左有一片空地，搭架张白布幔，陈列春兰、蕙兰、建兰等千余盆，真是洋洋大观，见所未见。料知早一些来赶上春兰的全盛时期，定然幽香四溢，令人如入众香国哩。听说管领这许多兰花的，名诸友仁，是一位艺兰专家，已有数十年的经验。

西湖胜处太多了，来不及一一遍游，我们却看上了虎跑，第二天早上便冒雨向虎跑进发。一行七人，除了我夫妇二人外，有汪旭初、谢孝思、范烟桥诸君，一路上谈笑风生，逸情云上。虎跑的泉水清冽可爱，记得往年在这里品茗，曾用七八个铜子放在杯子里，水虽高出杯口，却并不外溢，足见水质之厚了。我们在泉畔喝龙井茶，津津有味，一连喝了好几杯，竟如牛饮。因为连日下雨，涧泉水涨，从乱石间倾泻而下，琤琮可听。下山时我就胡诌了一首打油诗："听水听风不费钱，杏花春雨自绵绵。狮峰龙井闲闲啜，一肚皮装虎跑泉。"

第二个胜处，我们就看上了苏堤，这一条苏堤起南迄北，横截湖中，为苏东坡守杭时所筑。中有六桥，一曰映波，二曰锁澜，三曰望山，四曰压堤，五曰东浦，六曰跨虹。全堤长约八里，夹堤都种桃柳，苏堤春晓时，的是一片好景。

我们先从映波桥畔的花港观鱼游起。这儿现在已辟作杭州市公园，拓地二三百亩，布置得楚楚可观，一带用刺杉木作成的走廊和两座伸出湖滩的竹亭，朴雅可喜。有三株垂丝海棠，开得十分娇艳，此时此际，不须高烧银烛照红妆了。一个方形的池子里，红鱼无数，唼喋有声。我虽非鱼，也知鱼乐，在池边小立观赏，恰符花港观鱼之实。

　　踏上映波桥，见桥身已新修，栏作浅碧色，似是水泥所制，柱头狮子雕刻很精，疑是旧制。后问邵裴子先生，才知六桥全是用安徽的茶园石建成，而雕刻也全是新的，这成绩实在太好了。我们边走边赏两面的湖光山色，并欣赏那夹堤拂水的一株株垂柳。可是雨丝风片，老是无休无歇，我就借范烟桥来做了一首打油诗："招邀俊侣踏苏堤，杨柳条条万绿齐。只恨朝来风雨恶，范烟桥上瘦鹃啼。"烟桥他们听了，都不由得笑起来。我更打趣道："今天除了堤上原有的六条桥外，又从苏州搬到一条桥了。"

　　走过了第三条望山桥，便见湖面一座红色的小亭子里，立着一块"苏堤春晓"的碑，微闻杨柳丛中鸟声啁啾，活活的是春晓情景。远望刘庄，一带白墙黑瓦，还保持它旧有的风格，与湖山的景色很为调和。从第一桥到第五桥这一段，实在是苏堤最美的所在，碧水青山绿杨柳，一一奔凑眼底，美不可言。我还是破题儿第一遭走完这条苏堤，真觉得是一种莫大的享受，虽走了八里多路，也乐而忘倦了。

"峰从何处飞来？泉自几时冷起？"这是前人对于飞来峰和冷泉的问句。当即有人答道："峰从飞处飞来，泉自冷时冷起。"答如不答，很为玄妙，给我三十年来牢牢地记在心头，不能忘怀。而对于这灵隐的两个名胜，也就起了特殊的好感。于是我们在楼外楼醉饱之后，就向灵隐进发，大家虎虎有生气。

一下汽车，立刻赶到飞来峰一线天那里，峰石上绣满苔藓，经了雨，青翠欲滴。进洞后，仰望一线天，只如鹅眼钱那么大，微微地透着光亮，若隐若现。出了洞，沿着石壁转进，又进了几个洞，彼此通连，好像在一座大厦里，由前厅进后厅，由右厢进左厢一般。往年我似乎没有到过这里，据说一部分还是近二年挖去了淤塞的泥土而沟通的。这一带奇峰怪石，目不暇接，我和孝思俩边走边欣赏边赞叹，不肯放过一峰一石，觉得湖石所堆迭的假山，真是卑卑不足道了。

对于飞来峰的评价，以明代张宗子和袁中郎两篇小记中所说的最为精当。张记有云："飞来峰棱层剔透，嵌空玲珑，是米颠袖中一块奇石，使有石癖者见之，必具袍笏下拜，不敢以称谓简亵，只以石丈呼之也。"袁记有云："湖上诸峰，当以飞来峰为第一，峰石逾数十丈，而苍翠玉立，渴虎奔猊，不足为其怒也。神呼鬼立，不足为其怪也。秋水暮烟，不足为其色也。颠书吴画，不足为其变幻诘曲也。”二人对于飞来峰的倾倒，真的是情见乎词。袁又有《戏题飞来峰》诗二首云：“试问飞来峰，未飞在何处？人世多少尘，何事飞不去？高古而鲜妍，杨班不能赋。”“白玉簪其颠，青莲借其色。惟有虚空心，一片描不得。平生梅道人，丹青如不识。”高古而鲜妍，自是飞来峰的评价，无怪杨班不能赋，梅道人描不得了。峰峦尽处，有一大片竹林，在雨中更见青翠，真有万竿烟雨之妙。我们走到中间，流连了好一会，竹翠四匝，衣袂也似乎染绿了。

　　走过红红绿绿的春淙亭，视若无睹，直向冷泉亭赶去。那泉水轰轰之声，早在欢迎我们了。我在泉边大石上坐了下来，看那一匹白练，从无数乱石之间夺路下泻，沸喊作声，古人曾说：“此水声带金石，已先作歌舞声矣。”比喻更为隽妙。唐代白乐天对冷泉也有很高的评价，他说：“山树为盖，岩谷为屏，云从栋出，水与阶平。坐而玩之，可濯足于床下，卧而狎之，可垂钓于枕上。潺湲洁澈，甘粹柔滑，眼目之尘，心舌之垢，不待盥涤，见辄除去。”我在这里坐了半小时，真觉得俗尘万斛，全都涤尽了，因口占一绝句：“桃李恹恹春寂寂，风风雨雨做清明。何如笠屐来灵隐，领略幽泉泻玉声。”

一九五六年四月

萤

靳　　以（1909—1959）

现代著名作家，原名章方叙，天津人。一生共有各
种著作 30 余部。出版有《猫与短简》《雾及其他》《血
与火花》《圣型》《珠落集》《洪流》《前夕》《江山万
里》，散文集《幸福的日子》《热情的赞歌》等。本文带
我们近距离了解那些打着灯笼的小精灵。

郁闷的无月夜，不知名的花的香更浓了，炎热也愈难耐
了，千千万万的火萤在黑暗的海中漂浮着。那像亮在泡沫的
尖顶上的一点雪白的水花，也像是照映在海面上群星的身影。
我仰起头来，天上果真就嵌满了星星，都在闪着，星是天间
的萤的身影呢，还是萤是地上的星的身影？但是它们都发着

光，虽然很微细，却也为夜行人照亮眼前的路。路是很平坦，入了夜，该是毒物的世界，不是曾经看见过一尾赤练蛇横在路的中央么？它不一定要等待人们去侵犯它才张口来咬的，它就是等在那里，遇到什么生物也不放过，它是依靠吞噬他人的生命才得生存的。

可是萤却高高低低浮在空中，不但为人照亮了路边的深坑，也为人照出偃卧的毒蛇，使过路人知所趋避。群星在天上，也用忧愁而关心的眼睛望着，它自知是发光的，就更把眼睁大了（因为疲倦，所以不得不一眨一眨的），它恨不得大声喊出来，告诉人们："在地上，夜是精灵的世界，回到你们的家中去吧，等待太阳出来了再继续你们的行程。"

可是它没有声音，因为风静止着，森林也只得守着它们的沉默。田间的水流，也因为干涸，停止它们的潺潺了。在地上，在黯黑的夜里，只有蛙发着聒噪的鸣叫，那是使人觉得郁热更其难耐，黑夜更其无边的。守在路中的蛇也在嘶嘶地叫着，怕也因为没有猎取物而感到不耐吧？它也许意识到萤火对它是不利的，便高昂起头来，想用那吞吐的毒舌吸取一只两只，可是可爱的萤火，早自飞到高处去了。向上看，那毒蛇才又看到天上闪烁着那么多发光的眼睛，一切光，原来都是使人类幸福的，它就不得不颓然又垂下头，扭着那斑驳的身躯，不情愿地回到自己的洞穴中去了。那成千成万的萤火虫，却一直愉快地飘着，向上飞在高空中它的光显得细弱了，它还是落到地上来。落在树枝上，使人们看到肥大的绿叶间还有一丛丛的花朵，那香气该是它们发散出来的吧？落在路边的草上，映出那细瘦的叶尖，和那上面栖息着的一只小甲虫。落在老人的胡须上，孩子更会稚气地叫着："看，胡子像烟斗似的烧起来了，一亮一亮的。"落在骄傲的孩子的发际，她就便得意地说："看我的头上簪了星星！"

　　它们就是这样成夜地忙碌着，在黯黑的世界中穿行，当着太阳的光重复来到大地，它们就和天际的星星互道着辛苦隐下去了，等待黯夜复来的时候再为人类献出它们微弱的光辉。

　　　　　　　　（选自《沉默的果实》，1945 年 12 月，中华书局）

如何激励人们走向成功

戴尔·卡耐基

阅读本文，我们能懂得一个道理：批评会让人消极低沉，赞美则会让人奋发向上。要成为优秀的领导者请做到：赞扬每一点微小的改进，要真诚地赞美，并且越多越好。

皮特·巴洛是我的老朋友。他是一名驯狗师，一生跟随着马戏团到处表演。我喜欢看皮特的驯狗演出。我注意到，当一只狗显示出一点点进步的时候，皮特就会拍拍它并称赞它，并奖赏给它一些肉食。

这不是什么新鲜事。几个世纪以来，动物训练师一直在使用相同的方法。

我想，我们在改变人类的行为方式时，可不可以借鉴驯狗的方式？为什么我们不利用赞美代替谴责呢？让我们去赞美哪怕是最微小的改进，这会促使人们继续改进。

心理学家杰斯·莱尔在他的书《我什么都没有，我只有我自己》中评论道："赞美就像温暖人类精神的阳光；如果没有它，我们就无法开花和成长。然而，我们许多人所做的却是直接的批评，而不愿意去分享赞美的阳光。"

我可以回顾自己的生活，看看几句赞美之词在哪里彻底改变了我的整个未来。你的情况又是怎样的呢？在人类历史上，这样的事情屡见不鲜。

例如，很多年前，一个十岁的男孩在那不勒斯的一家工厂工作，他渴望成为一名歌手，但他的第一位老师劝阻他："你不能唱歌，你的声音听起来就像百叶窗里的风。"

但是他的母亲，一个贫穷的农民妇女，搂着他称赞他，并且告诉他，她知道他可以唱歌，她已经看到了儿子的进步，她赤脚走路以省钱支付他的音乐课费用。农民母亲的赞美和鼓励改变了那个男孩的生命。他的名字是恩里科·卡鲁索，他成了他那个时代最伟大、最著名的歌剧演唱家。

在 19 世纪初，伦敦的一个年轻人渴望成为一名作家。但一切似乎都在阻挠他。他仅仅只上了四年学。他的父亲因为无法偿还债务而被投入监狱，这位年轻人经常忍受饥饿。最后，他得到了一份为瓶子贴标签的工作。

在一个老鼠肆虐的仓库里，他晚上睡在一间凄凉的阁楼房间里，和另外两个来自伦敦贫民窟的男孩挤在一起。他对自己的写作能力缺乏信心，他偷偷溜出来并在深夜邮寄了他的第一份手稿，以防有人嘲笑他。他遭受了一次又一次的拒绝，终于有一天，他人生中的第一份稿件发表了。尽管没有得到任何报酬，只有一位编辑给了他认可，但他依然非常激动，他漫无目的地漫步在街道上，泪水漫溢他的脸颊。

他通过发表一篇文章获得的赞美和认可改变了他的整个生命，因为如果没有那种鼓励，他可能一生都在老鼠出没的工厂里工作。你可能听说过那个男孩，他的名字叫查尔斯·狄更斯。

伦敦的另一个男孩的职业是干货商店职员。他不得不在5点钟起床，每天工作14个小时。这纯粹是苦差事，他鄙视它。两年后，他不想再忍受了，所以他有一天早上起床，没有吃早餐就步行15英里去和他的母亲交谈，他的母亲是一名管家。

他很崩溃，他哭着恳求他的母亲。他说如果他不得不继续留在商店，他会自杀。然后他给老校长写了一封长长的、可怜巴巴的信，声称他伤心欲绝，不再想活下去了。老校长称赞他非常聪明，适合做更好的事情，并为他提供了一份老师的工作。

这种赞美改变了那个男孩的未来，并在英国文学史留下了辉煌的一笔。因为那个男孩接下来写了无数畅销书，并用他的笔赚了一百多万美元。你可能听说过他，他的名字是赫伯特·乔治·威尔斯。

使用赞美而不是批评是心理学家斯金纳所倡导的理论的基本概念。这位伟大的当代心理学家已经通过对动物和人类的实验证明，只要多多赞美，少去批评，实验对象就会做出更加积极向上的反应，同时大大减少错误。

北卡罗来纳州洛基山上的约翰·林格斯堡用这种方式对待他的孩子。似乎在许多家庭中，父母与孩子们的主要沟通形式是对他们大喊大叫。并且，在很多情况下，孩子们每次在这样的教导之后会变得更糟而不是更好。父母也是这样，这个问题似乎没有尽头。

林格斯堡先生决定使用他在课程中学到的方法来解决这个问题。他说："我们决定不在他们的缺点上喋喋不休。刚开始的时候，小孩子很容易做错事情，要找到赞美的东西真的很难。我们想尽办法找机会去称赞孩子，然后孩子所犯的错误越来越少，后来就完全不犯错误了。他们越来越多地去做我们称赞的事情，直到最后，我都难以置信，我的孩子竟会变得如此优秀。当然，在这个过程里面小孩依然会犯一些小错，不过孩子的变化实在太大了。我最后终于明白，面对孩子的错误，没有必要像以前那样大动肝火。"

这个方法也适用于工作。加利福尼亚州的基思·罗珀在一家印刷公司工作，他经常会接受很多印刷业务，有一些对印刷品质的要求非常高。有一个新来的员工，不能适应这样的压力，总是会犯一些或大或小的错误，领导们对他很有意见，打算尽快把他辞掉。

　　当罗珀先生被告知这种情况时，他亲自去到印刷厂与这个年轻人谈话。罗珀先生告诉这个年轻人，他对刚刚收到的作品非常满意，并说这是他在那家商店里看到的最好作品。他指出了为什么它更优越，以及年轻人对公司的贡献有多重要。

　　你觉得这影响了这个年轻人对公司的态度吗？几天之内，这个年轻人就有了一个彻底的转变。他告诉他的几位同事有关那次谈话的内容，还有其他人如何真正感谢他们的出色工作。从那天起，他就成了一位忠诚敬业的员工。

　　罗珀先生所做的不仅仅是恭维年轻人，说"你很好"。他特别指出了他的工作是如何优越。因为他特别指出了一项具体的成就，而不是仅仅做出一般性的恭维言论，他的称赞对于被给予的人来说变得更有意义。每个人都喜欢受到赞扬，但是当赞美更加具体的时候，它变得更加真诚。

　　请记住，我们都渴望得到欣赏和认可，并且愿意做任何事情来获得它。但没有人想要欺骗，没有人想要奉承。

　　让我再说一遍：本书教导的原则只有在它们发自内心时才

有用。我不是在鼓吹什么把戏，我是在谈论一种新的生活方式。

谈论如何改变人们。如果你和我去激励与我们接触的人，去鼓励他们开发自己的潜能，我们所做的，远不止改变人们，我们还能让他们的人生发生彻底的改变。

这听起来夸张吗？那就让我们听听威廉·詹姆斯这位杰出心理学家、哲学家的观点：

> 相对于我们所面对的困难，我们的潜能就像是沉睡的雄狮。我们只利用了我们身体和精神资源的一小部分。从广义上说，人类的各种能力并未被充分开发。人类拥有各种各样的能力，但大家却都让这些能力废弃闲置。

是的，正在阅读这些文字的你拥有各种各样的能力，而这些能力你并没有进一步地开发；你可能没有最大限度地激发这些沉睡的能力，它们足以让你取得惊人的进步。

批评会让人消极低沉，赞美则会让人奋发向上。要成为优秀的领导者请做到——赞扬每一点微小的改进，要真诚地赞美，并且越多越好。

（文轩 译）